누벨 솔레이

AIMAI SEIKATSU by USHIO FUKAZAWA
© USHIO FUKAZAWA 2017

Original Japanese edition published by TOKUMA SHOTEN PUBLISHING Co., Ltd., Tokyo.
Korean translation rights arranged with TOKUMA SHOTEN PUBLISHING Co., Ltd.
through Imprima Korea Agency. Korean translation copyright © ARTIZAN 2019

애매한 사이

후카자와 우시오 지음 | 김민정 옮김

아르띠잔

어떤 사람이든 여성으로 태어나,

아니 성별에 관계없이

한 사람의 인간으로서 살아가며

스스로 자존감을 가질 수 있기를,

서로가 서로를 존중할 수 있는 세상이 되기를.

한국어판 서문

세상 한편에서 간신히 숨 쉬며 살아가는 이들을 떠올려주기를

이 소설이 일본 문예지에 게재된 것은 2015년이며, 단행본이 간행된 것은 2017년입니다. 이 소설에는 외국인 기능실습생에 대한 인권침해, 성폭력 등이 그려져 있습니다. 이러한 실태는 연재 당시에도, 간행 당시에도 그다지 널리 알려지지 않았던 일본의 현실입니다.

그러나 2019년 현재, 외국인 기능실습생이 처한 가혹한 상황은 이미 터진 일련의 사건들로 인해 주목을 받고 있고, 보도와 다큐멘터리 프로그램, 인터넷 기사 등 다양한 매체에 의해 널리 알려지게 되었습니다. 일본에서 현재 진행형인 문제에 초점을 맞춘 소설이 매우 적절한 시기에 한국어로 번역되었다고 할 수 있습니다.

소설 속에는 빈곤, 성희롱, 육아 방임, 기초생활 수급자에 대한 비난, 남편의 아내에 대한 가스라이팅Gaslighting 등 일본 사회의 고름들이 잇달아 등장합니다. 그런데 현재 일본 사회에서 이런 문제들은 '자기 책임'이라는 단어에 묶여버린 탓에 겉으로는 잘 드러나지 않습니다.

다양한 환경 속에서 여성들이 겪는 삶의 불편함을 자세히 조명함으로써 이러한 문제를 눈에 보이는 형태로 노출시키고 싶었습니다. 이것이 이 소설을 쓰게 된 가장 큰 동기입니다. 더 이상 참고 있을 수만은 없다 싶은 마음으로 이 소설을 쓰게 되었습니다.

여성이 놓인 상황은 한국과 일본이 별반 다르지 않을 것 같은데, 어떤가요?

이 소설 속의 등장인물들이 최선을 다해 살아가는 모습을 통해 여성을, 어린이를, 또 세상 한편에서 간신히 숨 쉬며 살아가는 이들을 떠올려 주시기 바랍니다. 작은 빛을 커다란 희망으로 바꿀 수 있기를 바랍니다.

어떤 사람이든 여성으로 태어나, 아니 성별에 관계없이 한 사람의 인간으로서 살아가며 스스로 자존감을 가질 수 있기를, 서로가 서로를 존중할 수 있는 세상이 되기를, 또 부디 독자 여러분께서 그런 세상을 만들어 나가시기를 바랍니다.

한일 관계는 악화되고 있지만, 한일 사회가 안고 있는 문제는 공통점이 많습니다. 특히 여성 문제, 격차와 빈곤 문제는 마치 쌍둥이처럼 닮은 부분입니다. 더불어 이런 문제들은 서로 손을 잡고 지혜를 짜내어 극복해 나가고 싶은 문제들이기도 합니다. 한편 저출생 감소가 가파르게 진행되는 가운데 외국인 노동자도 증가하고 있습니다. 외국인 노동자의 인권 문제도 한일이 비슷한 부분이 있지 않을까요? 이러한 문제를 눈앞에 둔 양국이 부디 좋은 방향으로 나아가길 기대합니다. 또한 국가 간의 문제를 넘어 인권 측면에서 양국 모두 살기 좋은 나라를 향해 나아가길 바랍니다.

이 소설에서는 일본의 힘겨운 현실을 조명했습니다. 한국 독자분들이 이 소설 속 여성들의 삶의 힘겨움을 보고 느끼시고 동시에 주변에 있는 사회 저변에 놓인 여성들을 떠올려주시기 바랍니다. 한일 사이를 살아가는 그다지 주목받지 못하는 존재인 재일 코리안으로서, 과부하의 삶을 살아온 작가로서, 이야기 속 여성들이 많은 독자들의 눈에 뜨이고, 한국에서도 일본에서도 약자인 여성들의 존재에 눈을 돌려주셨으면 합니다.

2019, 후카자와 우시오

차례

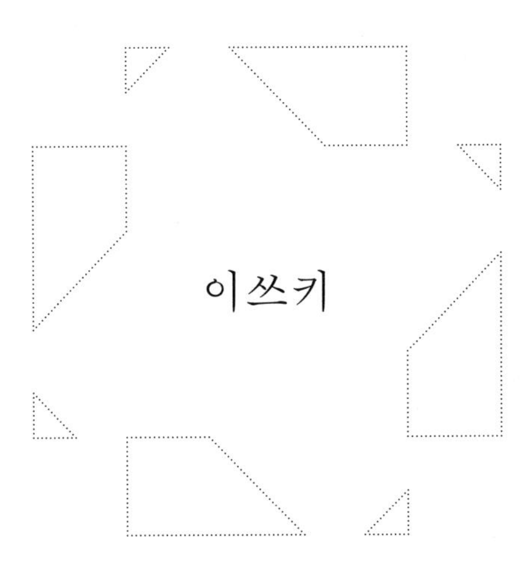

이쓰키

후루하타 이쓰키는 현관 앞, 커다란 여행 가방 위에 걸터 앉아 사에키를 기다렸다.

지붕이 있었지만 무용지물이었다. 사선으로 퍼부어대는 빗줄기가 안으로 들이쳤다. 차가운 빗방울이 이쓰키의 얼굴을 때린다. 비가 곧 눈으로 변한다고 해도 이상할 게 없는 추운 날이었다. 옆집 담장 너머로 핀 산다화山茶花도 꽁꽁 얼어붙어 애써 피운 꽃잎을 오므리려는 것처럼 보였다. 분홍색 꽃잎을 물끄러미 보고 있으니 곧 시야가 흐려진다. 누군가 지나간 것 같은데 확실하지 않다. 이쓰키는 고개를 흔들어 쏟아지는 잠을 쫓아보려고 했다.

사에키는 열쇠를 잘못 가지고 왔다며 시모키타자와에 있는 사무실까지 가지러 갔는데 여태 감감무소식이다.

스마트폰 시각표시를 확인한다. 사에키는 삼사십 분쯤 걸릴 거라고 했는데 벌써 한 시간 가까이 지났다. 여기서 기다리는 건 이제 한계인 것 같다. 아무리 급해도 이런 곳에 사람을 두고 가다니, 이렇게 무신경할 수가 있을까?

크게 내뱉은 한숨이 하얗고 또렷한 형태로 나타난다. 점점 불쾌해진다.

사에키가 잔뜩 주름진 바지에 초라한 다운점퍼를 걸치고 메이다이마에역[1] 개찰구에 처음 나타난 순간부터 일말의 불안이 뇌리를 스쳤다.

그녀는 헝클어진 머리칼을 손으로 쓸어내렸는데 그럴수록 머리는 더 볼썽사나워졌고, 김 서린 안경 속에서 잔뜩 주눅이 든 눈으로 설명을 시작했다. 그 모습은 여성 전용 셰어하우스를 관리, 운영하는 스위츠 에스테이트 홈페이지에 나온 사장과 사원들 분위기와는 전혀 달랐다.

뭐랄까, 좀 더 반듯한 사람이 나올 거라고 예상했다. 사에키는 나이를 가늠하기 어려웠는데, 화장도 안 한 데다 따끔따끔 쓰라려 보이는 여드름도 눈에 띄었다. 영양이 부족한 건지 생활 리듬에 문제가 있는 건지, 게다가 복장에도 신경을 안 쓴 티가 줄줄 났다. 학생과 다를 바 없는 그 모습은 사회인이라는 범주와는 동떨어져 보였다. 셰어하우스로 안내할 때도 스마트폰 화면을 확인하면서 좁은 골목을 도는 사에키는 믿음직한 구석이란 찾아볼 수 없고 길도 여러 번 잘못 들었다. 입사한 지 얼마 안 되었다고는 하지만 아무리 그래도 심하다 싶다.

역에서 도보 10분이라고 했는데, 결국은 30분이나 걸어서 도착한 티라미수 하우스도 홈페이지에서 본 사진과는 거리가 멀었다. 홈페이지에 실린 사진은 멀리서 찍은 사진이긴 했지만, 깔끔하고 멋스러운 셰어하우

1 明大前駅. 메이지대학 캠퍼스가 있는 역이다. 대학교가 있는 데다 시부야, 신주쿠 등도 가까워서 젊은 사람들이 많이 몰려 사는 곳이다. 소극장이 많은 시모키타자와도 가깝다.

스처럼 보였기 때문이다.

자동차 한 대도 들어올 수 없을 것 같은 좁은 골목길 막다른 곳에 위치한 셰어하우스는 2층짜리 목조건물 두 채로 이뤄져 있었다. 두 채 중 일부가 셰어하우스인데, 입구는 요즘 좀처럼 보기 힘든 반투명 유리로 된 미닫이문이었다. 티라미수 하우스라는 우아한 명칭보다 말미에 '-장'을 붙여 부르는 편이 훨씬 어울리는 오래되고 허름한 여관 같은 곳이었다. 진눈깨비가 내리는 어두운 하늘이 그 집을 더 초라하게 보이게 했다.

외벽의 나무판자는 뒤틀려 있고, 일부는 썩어 있었다. 꽤 오래전에 지은 집인 게 틀림없다. 30년이 뭔가, 한 40년, 아니 그보다 더 된 게 아닐까. 홈페이지와는 달라도 너무 달랐다. 남은 반쪽은 티라미수 하우스보다 더 낡은 모습이다. 사에키 말에 따르면 거기는 아무도 살지 않는다고 하는데, 마치 유령의 집처럼 음산했다.

그럼에도 이쓰키는 한번쯤 이런 집에 살아보는 것도 추억이 되지 않을까 싶어 긍정적으로 생각해보려고 노력했다.

미닫이문 옆에 있는 우편함에는 시모야마 사쿠라, 고데라 후카, 니시자와 요시미 세 명의 이름이 적혀 있다.

그나마 주민들이라도 좋은 사람들이면 좋겠다고 생각했을 때, 사에키가 좁은 골목길을 뛰어왔다. 우산은 아무 도움이 되지 않았는지 온몸이 다 젖은 상태다.

"저, 그게, 정말 죄송합니다."

몇 번이나 머리를 숙이는 사에키에게 결국 쓴소리도 하지 못했다.

이쓰키는 "괜찮아요. 좀 추웠을 뿐이에요"라고만 했다.

"추, 춥죠? 저, 정말 죄송합니다. 안으로 들어가시죠."

사에키는 열쇠로 현관문을 따고 우당탕 소리를 내며 문을 열었다.

"드, 들어가세요. 여행 가방은 일단 현관에 두시고……. 그래도 괜찮을 거예요."

시키는 대로 여행 가방을 들고 현관으로 들어가자 곰팡이 냄새와 땀 냄새가 섞인 묘한 냄새가 코를 찔렀다. 이쓰키는 자기도 모르게 숨을 멈췄다.

현관은 의외로 넓었다. 다다미 두 장[2]쯤 되는 크기다. 문지방 안쪽의 정면 벽에 있는 금속판을 대어 만든 선반에 신발이 보이도록 수납되어 있다. 1A, 2B 등 구획으로 나뉘어 있었는데, 한 명당 세 켤레쯤 들어가는 크기다.

스니커즈, 부츠, 펌프스.

콘크리트 현관 바닥에도 구두가 몇 켤레쯤 대충 놓여 있었는데, 제대로 짝을 맞춰 가지런히 놓인 구두는 한 켤레도 없었다.

"저, 저기, 이거……."

사에키가 건네준 슬리퍼는 낡아도 너무 낡아 차마 신을 용기가 나지 않았다.

"슬리퍼는 됐어요."

이쓰키는 쇼트 부츠를 벗고 가지런히 놓은 후 현관으로 올라갔다. 대충 나무판으로 짜놓은 바닥을 타이츠만 신고 내딛자, 금세 발이 꽁꽁 얼어붙었다.

사에키는 실내로 들어가는 문을 열었다.

---

2 짚으로 만든 사각형 두꺼운 돗자리로 일본의 전통가옥들은 바닥에 장판처럼 다다미를 깔았다. 크기는 대개 너비 90센티미터, 길이 180센티미터, 두께 5센티미터쯤이다. 다다미 두 장짜리 방은 가로, 세로 180센티미터쯤 된다.

"저, 저기, 저 방이 다인실이에요."

먼저 눈에 들어온 것은 오른쪽에 있는 이층 침대였다. 천장이 낮은 방에 억지로 밀어 넣은 이층 침대는 몸을 일으키면 위층은 천장에, 아래층은 위층 바닥에 머리를 찧을 게 분명했다. 아무것도 없는 침대 위가 썰렁했다.

대낮인데도 전등을 켜지 않으면 안 될 정도로 방이 어둡다. 이층 침대가 창문을 가리고 있기 때문이다.

아무리 봐도 보통 상상하는 다인실과는 괴리감이 있는 다다미방이었다. 다다미도 전혀 손을 보지 않은 듯 낡아 있었다. 게다가 실내인데도 바깥과 다름없이 춥다. 이쓰키는 코트를 입고 있기로 했다.

이런 곳에서 과연 사람이 살 수 있을까? 전에도 룸메이트와 함께 살아본 경험이 있지만, 그때는 각자의 방이 있었고 방도 훨씬 넓고 깨끗했다. 하지만 월세가 싸니까 어쩔 수 없는 일이라고, 살다 보면 익숙해질 거라고 짐짓 태연한 척한다.

입구 왼편에는 문짝을 떼어내고 3단으로 개조한 벽장이 있었다. 한쪽에 사다리를 놓은 것으로 보아 침대로 쓰이는 것 같았다. 각 층마다 두꺼운 커튼이 달려 있었고 커튼은 모두 꼭 닫혀 있었다. 커튼 색이 고동색인 이유는 티라미수 하우스라는 이름 때문일까?

가운데 층 커튼 틈 사이로 불빛이 새어 나온다. 아까 사에키가 벨을 눌렀을 때는 대답하는 사람이 아무도 없었는데 인기척이 느껴졌다. 집에 있었다면 문을 좀 열어주면 좋았을 텐데. 성격이 까다로운 사람인 걸까? 아니면 잠에 푹 빠져 몰랐던 걸까?

사에키는 이 티라미수 하우스에 누군가 있다는 사실을 전혀 눈치 채지 못한 것 같다. 역시나 사소한 일에 민감한 타입은 아니다. 지금은 안내하는 일에만 정신이 팔려 있다.

"여기는 벽장을 침대로 개조했어요. 다들 맘에 들어 하세요. 도라에몽[3] 같다고요."

그냥 보기엔 좁고 답답해만 보이는데, 의외로 쾌적할지도 모른다. 이쓰키도 어릴 때 숨바꼭질하다가 벽장 안에 숨은 적이 있었는데, 그 좁은 공간이 오히려 마음을 편안하게 해준 기억이 있다.

"저어, 여기 침대는 좁아서 좀 싸요. 대신 짐을 많이 둘 수 있어요. 맨 아랫단이 짐을 넣어 두는 곳이에요."

가격이 싸다니 마음이 놓인다.

"이쪽은 비었나요?"

"어, 저어, 두 곳 모두 차 있어요."

사에키는 그렇게 대답하고 방 안쪽을 본다.

"저어, 그, 그게, 저기가 거실이자 공유 공간이에요."

"그럼 이 방이 거실도 겸하고 있단 소리예요?"

"네, 그래요. 부엌과 샤워실, 세면장, 화장실과도 연결되어 있어요."

즉, 언제든 사람들이 오가기 때문에 개인의 사생활은 거의 없다는 것과 동일하다.

"그럼, 개인실은요?"

"어, 저어, 2층입니다."

"개인실은 비싸죠?"

"어어, 네, 4만 5천 엔이에요. 근데 지, 지금은 빈방이 없어요."

---

3 일본 만화 캐릭터인 도라에몽은 주인집 벽장 안에서 살면서 잠도 그 안에서 잔다.

작은 한숨을 내쉬고, 다시 방을 체크한다.

벽에 딱 붙은 침대 옆에 옷을 걸어두는 옷걸이가 있고, 그 옆에는 키가 작고 오래된 옷장이 보인다. 앤틱처럼 멋스럽다고 못 할 것도 없다. 귀중품을 두는 금고도 있기는 했다.

"가구는 이것저것 있군요."

"네, 저어, 셰어하우스가 되기 전에 살던 사람들이 쓰던 가구랑 식기, 가전제품, 그러니까 가재도구를 다 물려받아 쓰고 있어요."

누군가가 쓰던 물건이라니 께름칙했지만, 식기를 비롯한 생활필수품을 안 사도 되는 것은 그나마 다행이었다.

옷장 정면에 키 작은 상이 하나 놓여 있는데, 거기를 거실이라고 부르나 보다. 전기장판이 깔려 있었는데 꽤나 오래 썼는지 여기저기 올이 풀려 있는 데다 청결해보이지도 않는다. 시청이 불가능한 아날로그 텔레비전, 수십 년은 쓴 듯한 오래된 찬장이 상 옆을 차지하고 있었다. 작은 창문도 있기는 한데 옆 건물이 창을 가려, 어둡기는 매한가지다.

상 위에는 먹다 남은 과자 봉지, 헤어드라이어 등이 산만하게 놓여 있었다. 전원을 확보하기 위한 멀티탭에는 여러 종류의 콘센트가 꽂혀 있었다. 바닥에도 물건들이 흩어져 있고, 상인방上引枋에는 옷걸이에 팬티가 걸려 있었다.

갑자기 온몸이 근질근질해졌다.

"빨래 너는 곳이 따로 없나요?"

"아, 그게, 2층에 있어요. 이따 보여드릴게요."

"세탁기는 어디 있나요?"

"저어, 저기, 이 건물에는 세탁기가 없어서 다들 코인 빨래방에 가서 빨아 오거든요. 속옷은, 어, 그냥 여기서 손빨래를 하는 것 같아요. 그리고 속옷은 주로 실내에 말리는 것 같고요."

널어놓은 팬티는 고무줄이 다 늘어난 상태에 얼룩까지 보인다. 이쓰키는 얼른 눈을 돌렸다.

"부엌은?"

"아아, 저, 싱크대는 여기예요."

다다미 두 장도 안 되는 거실 끝이 부엌이다. 두 사람이 간신히 들어갈까 말까 한 공간이 싱크대, 가스레인지, 전자레인지, 찬장, 냉장고로 빈틈없이 빽빽하게 채워져 있었다.

부엌 옆은 나중에 대충 설치한 게 분명한 좁은 샤워실로, PC방에 있는 것과 같은 타입이다. 그리고 세면장 옆에 있는 화장실은 아니나 다를까, 재래식 변기였다.

사에키는 다 합쳐도 다다미 10장도 안 될 1층을 구석구석 보여준 후, "2층은 개인실과 빨래 너는 곳이" 하며 경사가 급한 계단을 올라가려고 했다.

"빨래 너는 곳은 안 봐도 괜찮아요."

충분했다. 더 본다고 해서 이곳에 대한 인상이 좋아질 리 없었다.

"그래요? 자, 그럼."

"혹시 다른 셰어하우스에 빈방은?"

"네? 다른 셰어하우스요? 저, 지금 빈방이 있는 곳이, 저어, 다인실이라도 6만 엔이 넘는 곳밖에 없는데……. 그, 저어, 원하시는 곳이 모든 시설이 포함된 3만 엔짜리라고 하셔서……."

도쿄의 월세 가격은 정상범위를 넘어선 지 오래다. 그 순간, 히로시마

고향집의 넓디넓은 정원과 다다미 여덟 장쯤 되는 자기 방이 머리를 스친다. 이쯤에서 그만두고 돌아가고 싶어진다. 이쓰키는 소타의 웃는 얼굴을 떠올리고 간신히 마음을 붙들었다. 이어서 수학여행에서 본 도쿄의 아름다운 풍경들을 머릿속으로 재현한다. 오모테산도의 가로수길, 미드타운, 도쿄타워와 스카이트리.

사랑하는 소타가 사는, 동경하는 도쿄에서 이제부터 새로운 인생을 시작하는 거라고 마음을 다잡았다.

“저, 오늘은 방만 보고 그냥 가실 건가요?”

비행기를 갈아타는 등 긴 여행을 마치고 도쿄에 도착한 탓에 피곤함이 극에 달해 있었고, 시차 적응을 못 해 더 이상 다른 저가매물을 찾을 여력도 없었다. 어차피 딱 한 달만 살면 되는 임시 주거다. 그 후에는 소타와 함께 새집을 찾으면 되겠지. 일자리만 얻으면 금세 좋은 아파트를 빌릴 수 있을 것이다.

어떻게 하실 거냐고 사에키가 불안한 얼굴로 묻는다.

“계약할래요.”

이쓰키의 대답을 들은 사에키는 안심하는 표정이 된다. 서둘러 “그, 그러면, 서류를” 하고 서류가방에서 계약서를 꺼내 상 위에 올려놓는다. 이후 전기장판 전원을 켜고 어질러진 물건들을 상 한쪽으로 밀어둔다.

이쓰키는 머뭇거리다 자리에 앉는다. 전기장판은 지저분할 뿐만 아니라 좀 눅눅하기까지 하다. 발이 근질근질하다. 무릎을 꿇고 앉아 서류에 기입했다. 추워서 발가락 감각이 느껴지지 않았다. 정좌가 힘겹게 느껴졌다.

“그럼, 저어, 신분증이 될 만한 것을 맡겨주시겠어요? 저어, 여권도 괜찮아요. 복사하고 바로 돌려드릴게요. 보증인은 필요 없어요. 심사는 금세 통과할 것 같고요."

"최단 계약이 한 달이던가요?"

이쓰키는 배낭에서 여권을 꺼내 사에키에게 건넸다.

"네, 오늘부터 월세가 발생하니까, 한 달분 3만 5천 엔을 선불로 내셔야 합니다. 계약금은 없습니다. 보증금은 만 엔, 퇴거 시 다시 돌려드립니다. 계약 연장 시에는 이번 달 내에 반드시 알려주셔야 합니다."

달달 외운 것 같은 말투로 계약과 납부에 관한 부분만 이상하리만치 막힘없이 풀어내는 사에키를 보니 짜증이 났다. 싫은 소리라도 한마디 하고 싶었는데 꾹 참았다. 지금은 여기 사는 것 외에 다른 선택지가 없으니까 빨리 계약을 끝내버리자. 게다가 다리도 아팠다.

"이불은 유료로 빌려준다고 했죠?"

엉덩이를 들어 자세를 고쳐 앉으며 물었다.

"아아, 저어, 오늘은 준비해드릴 수가 없어요. 그리고 사는 게 훨씬 싸요. 인터넷으로 주문하면 바로 오고요."

"여기 와이파이 돼요?"

이쓰키의 스마트폰은 미국에 가기 전에 계약을 해지했기 때문에 와이파이가 있어야 사용 가능했다.

"네, 그게, 심사가 통과하면 비밀번호를 알려드릴게요."

지금 당장 인터넷에서 이불을 주문해도 오늘 내에 도착하지는 않을 것이다. 여하튼 오늘은 이불 없이 지낼 수밖에 없어 보인다. 어차피 개인 공간도 없는 곳이니까 이 전기장판에서 자면 될 것이다.

'될 대로 되라지' 하고 생각하며 서류를 써 내려갔다.

"저기요."

누군가 깨우는 소리에 눈을 떴다. 눈앞에 서 있는 사람은 모르는 사람이다. 눈을 깜박이고 손으로 눈두덩이를 비벼댔다. 밖은 이미 어두워져 있었다.

"잘 자는데 깨워서 미안한데, 우리도 여기서 밥을 먹어야 해서……."

죄송하다고 말하며 황급히 몸을 일으켰다. 입소 심사가 통과된 후 마음이 놓였는지 자기도 모르는 사이에 상 위에 엎드려서 자고 있었나 보다. 코트도 입은 채였다.

"고데라 후카예요. 다인실 1C. 후카라고 불러요. 내 침대 번호죠. 다들 그렇게 부르니까."

주근깨로 뒤덮인 얼굴로 환하게 웃는 후카는 키가 작고 왜소했다. 나이는 알 수 없었지만 짧은 머리가 꼭 소년 같다.

"후루하타 이쓰키예요."

"으흠, 이쓰키."

후카는 방긋 웃는다. 수더분하고 밝은 사람이라 안심이 된다.

"여기는 요시미 언니. 2층 개인실이야."

요리를 하던 여자가 "니시자와 요시미입니다"라고 머리를 숙이기에 이쓰키도 가볍게 묵례했다. 초췌한 분위기의 그녀는 이쓰키보다 나이가 많아 보였는데 어딘가 품위 있어 보였다.

"요시미 언니가 돈지루[4] 만들고 있어. 양도 충분한데 너도 같이 먹을래?"

"그래도 돼요?"

---

4 돼지고기 육수에 잘게 썬 채소를 넣고 끓인 장국.

"어후, 존댓말은 관둬. 말 놓자. 원래는 재료비를 반씩 내는데 오늘은 환영회도 겸해서 그냥 공짜로 해줄게."

"고맙습니다."

실은 몹시 배가 고팠다. 비행기에서는 속이 울렁거려 식사를 거의 하지 못했다. 비행기에서 내린 후, 나리타공항에서 여기까지 한걸음에 달려오는 바람에 식사할 기회를 놓치고 말았다.

"이쓰키는 참 여성스럽네. 그 하얀 코트도 예쁘다."

"에이, 여성스럽긴."

"아니, 손톱도 잘 손질되어 있고 눈썹도 길고. 근데 여기 살면 여자들만 있어서 오히려 여자력[5]이 떨어질 텐데."

널려 있는 속옷이 자꾸만 눈에 들어왔지만 모른 척하고 웃어 보였다.

"혹시 홈페이지 보고 속아서 온 거 아냐? 아니면 티브이에 나오는 셰어하우스들 보고 로망이라도 생겨서 온 건가?"

후카가 꼬치꼬치 캐묻는다.

요즘 인기 있는 셰어하우스 다큐 방송을 보고 혹해서 약간 기대를 한 것도 사실이지만, 이제 와서 생각해보니 방송에 나오는 멋진 셰어하우스 같은 곳에서 살려면 아마 상당한 월세를 지불해야 할 것이다.

"사실은 이사하려고 했던 곳에 불이 나서 인터넷으로 급하게 찾았어."

"어머, 놀랐겠다."

후카가 맞장구를 치자마자 벽장을 개조한 침대의 커튼 여는 소리가 들린 후, 추리닝을 입은 여자가 그 안에서 나왔다. 이쓰키보다 조금 나이

---

5 2010년대 이후 일본에서 유행하는 단어로, 여성으로서의 능력을 의미한다. 여성으로서의 능력이란 주로 요리, 집안일, 외모를 가꾸고 꾸미는 일을 말하며, 그런 의미에서 배척해야 한다는 논지도 있다.

가 들어 보인다. 이십 대 후반쯤일까. 키가 크고 어깨가 떡 벌어진 체격이 좋은 여자다. 가슴께까지 오는 머리칼을 둘로 나눠 고무줄로 묶고 추리닝을 입고 있어서인지 농구선수나 배구선수 같았다. 얼굴이 좀 부어 있고 피부도 거칠다. 별로 건강해 보이지는 않았다.

"야, 사쿠라, 오늘부터 여기 새로 들어온 이쓰키야."

후카가 이쓰키를 소개하자 사쿠라는 무표정한 얼굴로 다운코트를 입고 아무 반응도 없이 밖으로 나갔다. 정말 불쾌한 사람이다. 후카는 어깨를 한번 들어 올렸다 내리고는 또 도시락이냐며 고개를 저었다.

"사쿠라는 맨날 슈퍼나 편의점 도시락이야. 우리랑 같이 만들어 먹으면 좋을 텐데. 그러는 게 훨씬 영양가도 있고, 돈도 절약될 텐데 말이지."

후카는 상 위에 인원수만큼 젓가락을 놓는다. 요시미가 돈지루와 쌀밥을 쟁반에 얹어 가져온다. 돈지루에서 김이 모락모락 솟아난다. 군침이 돈다.

언젠가 뉴욕에서 미소시루[6]가 그리워서 오가닉 카페를 찾아가 미소수프를 주문한 적이 있었다. 그 미소수프는 육수를 제대로 내지 않고 그냥 뜨거운 물에 된장만 푼 것으로 건더기도 없었다. 정말 끔찍할 정도로 맛이 없었다. 그 미소수프를 맛본 후 이쓰키는 거의 충동적으로 '일본으로 돌아가자'고 결심했다. 잘 먹겠다는 말과 함께 곧바로 돈지루 그릇을 들고 마셨다.

"아! 육수가 최고다. 맛있어요."

이쓰키는 하아, 하고 숨을 내쉬며 눈을 감았다.

---

6 일본 된장을 풀어서 만든 일본식 된장국으로 일본의 전통 가정요리다. 멸치나 다시마로 육수를 낸 후 두부, 유부 등을 넣어 끓인다.

"조미료 맛이야."

요시미가 옅은 미소를 짓는다. 어딘가 생기가 없고 연약해 보인다.

"오랜만에 먹으니까 정말 감격스럽다."

"너 어디 해외에서 살았나 보구나. 현관에 있던 여행 가방에 공항 수하물 태그가 붙어 있어서 그런가 보다 했는데. 어디서 살았어?"

후카가 눈을 반짝이며 이쓰키를 쳐다본다.

"미국. 뉴욕에 있었어."

"우와, 멋지다. 난 외국에 가본 적도 없는데. 부럽다. 얼마나 있었어? 뉴욕에서 뭐했어?"

"3개월 동안 어학원에 다녔어."

"진짜 부럽다. 거기선 어떤 곳에 살았는데?"

"다운타운에서 룸메이트랑 같이 살았어."

"엇, 그럼 외국인이랑?"

"어, 응."

계속 질문이 이어졌고, 일일이 대답하다 보니 밥을 먹을 여유도 없었다. 조금 지친다 싶었을 때, 미닫이문이 열리고 사쿠라가 돌아왔다.

"사쿠라도 같이 먹자."

사쿠라는 후카의 말을 무시하고 벽장침대로 들어갔다.

"쟤는 꼭 침대 안에서 먹어."

후카가 이쓰키 귀에 대고 소곤거렸다.

식사 도중 후카는 이것저것 많은 이야기를 했다. 그러나 요시미는 고개만 끄덕일 뿐 침묵을 지켰다. 후카는 이쓰키한테도 이것저것 물었다. 끊임없이 쏟아지는 질문에 이쓰키는 무난한 대답을 건네고 "후카는?" 하며 되물었다. 그럴 때마다 후카는 자기 얘기를 해주었다.

후카는 작은 극단의 연극배우로 소속되어 있다고 한다. 여기서 산 지 일 년 반, 당분간 여기서 지낼 것으로 보인다. 고향은 지바. 애인은 없다. 나이는 스물넷으로 이쓰키와 동갑이다.

이쓰키는 다 먹고 난 후에도 계속되는 후카의 이야기를 듣고만 있었다. 이런저런 셰어하우스의 규칙들을 설명해주었는데 점점 눈꺼풀이 무거워져 더 이상 듣고 있을 수가 없었다. 후카의 목소리가 조금씩 멀어져 갔다. 이러다간 바로 잠에 잠들 것 같아 샤워라도 해야겠다고 말했다.

"어, 맞다. 너 피곤하겠다."

후카의 말을 듣고 요시미도 양손을 기도하듯 맞부딪히며 "잘 먹었습니다"라고 인사했다. 먹고 난 그릇을 포개어 들고 일어난다. 이쓰키도 그릇을 들고 일어나려는 순간, 후카가 오늘은 괜찮다며 쉬라고 했다.

"우리가 치울 테니까 앉아 있어. 앞으로도 같이 밥 먹을 거지?"

"응?"

"셋이 같이 먹으면 식비가 조금 절약되니까."

"세 끼 다?"

"아침하고 저녁만. 필요 없을 땐 미리 얘기해. 갑자기 일이 생겨서 식사 시간을 못 맞출 땐 남겨둘게. 매주 재료비만 내면 돼. 장은 주말이나 평일에 쉬는 날, 갈 수 있는 사람이 보는 걸로 하고. 어, 그리고 요시미 언니는 요리 담당이라 그만큼 빼 드리고 있어. 메뉴도 언니가 짜니까."

누군가가 손수 만든 요리를 먹는 것은 무척 고마운 일이고 절약도 되지만, 식사 때마다 수다스러운 후카를 상대해야 한다니 꽤나 귀찮을 것 같다. 게다가 앞으로는 소타와 먹는 일이 잦아질 테니 굳이 여기서 먹을 이유가 없었다.

"응, 고마워. 같이 먹고 싶지만 시간이 불규칙할 거 같아."

"무슨 볼일이라도 있어?"

"음, 이것저것. 그리고 여기선 한 달만 살 거거든."

후카가 그러냐며 실망스러운 얼굴로 이쓰키와 자신의 그릇을 포개 자리에서 일어났다.

여행 가방을 펼칠 공간이 현관밖에 없었다. 추위와 불쾌한 신발 냄새를 무릅쓰고 어쩔 수 없이 현관 쪽으로 가서 가방을 열고 필요한 물건만 꺼냈다.

틈만 나면 스마트폰을 들여다보고 있는데 아무도 연락이 없다. 원래는 엄마하고만 자주 연락을 해왔다. 고향 친구들과는 연락을 끊은 지 오래다. 아니, 연락할 만한 분위기가 아니었다. 이쓰키도 거리를 두고 있었고, 친구들도 이쓰키와 애써 만나려고 하지 않았다.

소타로부터도 아무 소식이 없었다. 지금쯤 화재 때문에 우왕좌왕하고 있을 게 분명하다. 일본에 도착하자마자 공항에서 '나리타에 도착했어'라고 소타에게 메시지를 보냈다. 귀찮은 여자는 되고 싶지 않아서 간결한 문장을 보냈다. 소타도 힘든 상황에서 부담을 주기는 싫었다.

소타와는 뉴욕 센트럴 파크에서 만났다.

뉴욕에 도착한 지 일주일 되던 날, 아직 어학원 친구들과 친하지도 않았고 영어도 잘 모르던 시절이다. 학교에는 일본인 여자가 있었는데 이쓰키보다 나이도 꽤 많았고 레벨도 높은 반이어서 다가가기 힘든 구석이 있었다. 뿐만 아니라 룸메이트인 루마니아 유학생 마리아는 쌀쌀맞았고, 의사소통도 잘 되지 않았다. 이쓰키는 고독하고 불안했다. 집이 마냥 그리웠다.

일본에 있는 가족을 생각하며 혼자 산책하고 있을 때, 소타가 먼저 "일본인이에요?" 하고 다가왔다. 힘겨운 날들을 모두 잊게 만드는 환한 미소였다.

이쓰키는 전 세계 곳곳을 떠돌며 다양한 경험을 하고 있고 언젠가는 소설을 쓰고 싶다, 그 꿈을 이루기 위해 일을 그만두고 뉴욕에 왔다고 눈을 반짝이며 말하는 세 살 위의 그 남자에게 금세 마음을 빼앗겼다.

사귀기 시작하면서 소타는 이쓰키가 룸메이트와 함께 사는 집으로 거처를 옮겼다. 다행히 마리아도 자주 자기 남자친구를 불러들였기 때문에 불평하지 않았다.

소타와 거리로 나가 뮤지컬을 보기도 하고 라이브 하우스에 가거나 워싱턴, 보스턴으로 짧은 여행을 떠나기도 했다. 소타와 지낸 미국에서의 두 달간은 실로 행복한 나날들이었다.

사실 반년 정도는 미국에 있을 예정이었는데, 소타가 일본으로 돌아간 후 뉴욕 생활의 즐거움이 싹 사라져버렸다. 영어 공부에도 흥미를 잃었고 일본도 무척 그리웠다. 이쓰키는 짐을 싸서 일본으로 돌아왔다. 소타와 함께 여기저기 놀러 다니는 바람에 눈 깜짝할 사이에 돈을 다 써버린 것도 한몫했다.

충동적으로 귀국을 결정한 이쓰키는 "도쿄에 오면 우리집에 와서 같이 살자"라고 한 소타의 말을 믿고 고향 집인 히로시마가 아닌 도쿄행을 택했다.

어학교 학비와 뉴욕 체재비를 부모님이 모두 내주셨는데 도중에 귀국한 탓에 뵐 면목이 없었다. 딱히 고향에 가고픈 생각도 없었다. 게다가 도쿄에서 꼭 한번 살아보고 싶기도 했다.

귀국하기로 결정했지만 소타를 깜짝 놀라게 해주려고 비행기가 뜨기 전날까지 말하지 않고 숨겼다.

-내일 비행기로 도쿄에 갈 거야.

문자를 보내자 바로 답장이 왔다.

-벌써 오는 거야? 도쿄에 오면 어디서 살 건데?

기뻐할 줄 알았는데 소타와 이쓰키 사이엔 온도 차가 있었다. "우리집으로 와서 같이 살자"라고 말한 걸 벌써 잊은 걸까? 뉴욕에서 소타가 이쓰키네 집에 얹혀살았듯 도쿄에서는 이쓰키가 소타의 집에 머무르는 게 당연하다고 생각했다.

-당연히 너희 집이지. 시간 되면 나리타로 마중 나와줘.

이쓰키는 비행기 편명과 나리타 도착 시간을 알려주었다.

-미안해. 나갈 수가 없어. 우리 아파트에 불이 나서 지금 피시방에 있어.

화재라고? 그렇게 엄청난 일을 겪고 있는지는 꿈에도 몰랐다. 성격이 자상한 소타는 이쓰키가 걱정할까 봐 숨기고 있었을 것이다. 분명하다.

-괜찮아? 불이 언제 났는데?

-지난주. 그래서 지금 정신이 없어. 하여간 미안해. 도쿄에 도착해서 다시 연락줘.

소타만 믿고 있었는데 큰일이다. 인터넷으로 서둘러 당장 입주할 수 있는 집을 찾았다. 가능하면 소타가 불이 나기 전까지 살았다고 한 시모키타자와 근처를 중심으로 검색했다. 그러다 이노카시라선 부근에서 여성 전용 셰어하우스를 운영하는 스위츠 에스테이트라는 회사의 홈페이지를 발견했다. 집을 확인한 후 심사에 통과하면 당일부터 입소가 가능하다기에 급히 인터넷으로 내람 예약을 하고 비행기에 몸을 실은 것이다.

여행 가방을 현관에서 방으로 들고 와 침대 밑에 밀어 넣는다.

몸이 차갑게 식어 있었다. 이럴 때는 따뜻한 욕조에 들어가 몸을 데워야 하는데, 그런 사치는 꿈도 꿀 수 없는 상황이다. 여하튼 이틀 동안 씻지도 못하고 다니다 보니 찜찜하다. 일단 샤워를 하기로 한다.

좁은 샤워실은 잘 보니 작은 곰팡이들이 눈에 띄고 바닥은 미끌미끌했다. 그래도 뜨거운 샤워를 하고 나니 기분이 좀 나아졌다. 뉴욕에서 살던 집은 수압이 약해 샤워를 할 때마다 답답했다. 시원하게 쏟아져 내리는 뜨거운 물로 머리를 감으니 무척 상쾌했다. 그런데 그것도 잠시, 다리 밑에 물이 고이기 시작했다. 머리를 다 헹구지도 못한 채 수도꼭지를 잠그고 구부리고 앉아서 보니 배수구가 머리카락으로 가득했다.

각자 샤워하고 난 후에 왜 배수구를 비우지 않는 건지 화가 나면서, 동시에 이 머리카락을 다 치우지 않고는 샤워가 불가능하다는 생각이 스쳤다.

머리카락을 빼낼 만한 도구가 있을까 싶어 주위를 살펴봤지만 아무것도 없었다.

마음을 단단히 먹은 이쓰키는 맨손으로 머리카락과 엉겨 붙은 때를 빼내고 탈의실 쓰레기통에 버렸다. 온몸이 벌벌 떨리는 이유가 켜켜이 쌓인 때를 맨손으로 만진 탓인지, 몸도 안 말리고 추운 탈의실에 나간 탓인지 알 수 없었다.

샤워실로 돌아와 다시 물을 틀고, 머리카락과 오물로 더러워진 손을 여러 번 깨끗이 씻었다. 물이 배수구로 말끔하게 빠지는 모습을 보니 그제야 마음이 놓인다.

샤워실에서 나와 거실로 가자 상에 앉아 피처폰을 보던 후카가 "시원하지?" 하며 얼굴을 들었다.

이쓰키는 배수구 얘기를 하려다가 첫날부터 나쁜 인상을 남기고 싶지 않아 입을 다물었다. '신경 쓰이는 사람이 조용히 치우면 그만일 테고, 여기서 오래 살 것도 아니니까' 하고 마음을 가라앉혔다.

"이거 다 같이 쓰는 건데."

후카는 바닥에 뒹굴던 헤어드라이어를 가리켰다.

"이 집 청소는 누가 해? 다 같이 분담하는 거야?"

이쓰키가 슬쩍 물어본다.

"청소? 셰어하우스 직원이 나와서 해주는데, 꼼꼼한 편은 아니야."

후카는 손가락으로 열심히 피처폰을 조작하며 대답했다.

"셰어하우스 직원?"

느려빠진 그 얼굴이 떠오른다.

"사에키란 사람이 여기 청소도 해?"

"사에키?"

후카가 이쓰키를 올려다본다.

"그게 누구야? 새로 들어왔나? 여기 셰어하우스 직원이 원래 자주 바뀌어서."

"일이 힘든가?"

"여기 직원들은 계약사원 포함해서 전원이 셰어하우스에 같이 살면서 관리도 하고 청소도 해야 해서 쉽지는 않을걸. 근데 이 집에만 같이 사는 직원이 없어. 그래서 다른 셰어하우스보다 청소 상태도 별로지."

청소는 그렇다 쳐도 정리정돈은 좀 필요한 것 같아 방을 한번 둘러본다. 상인방에 걸린 속옷이 아까부터 신경 쓰인다.

이쓰키의 시선을 눈치 챈 후카가 후다닥 일어나 속옷을 걷으러 간다.

"팬티도 이게 단데, 말랐나?"

손으로 만지며 확인한다.

"너도 여기 널어도 돼. 이 옷걸이도 원래 여기 있던 거거든."

이쓰키는 헤어드라이어를 손에 쥐고 "어, 고마워" 하고 대답했지만, 저 옷걸이에 속옷을 걸어 말리고 싶다는 생각은 쥐꼬리만큼도 들지 않았다.

밤이 깊어가고 있었다. 내내 상 주변을 뒹굴던 후카도 벽장 맨 윗단으로 들어가고 이쓰키만 남았다. 날도 추운데 이불이 없어서 벽장으로 들어갈 엄두가 나지 않았다.

옷을 겹쳐 입고 전기장판 위에 누웠는데도 냉기가 덮쳐왔다. 목에 감고 있던 숄을 베개 삼고, 이불 대신 코트를 벗어 다리 쪽을 덮자, 그제야 전기장판의 온기가 전해져 왔다. 그러다 가까이에서 찬찬히 들여다보니 전기장판 위에 머리카락들이 다닥다닥 달라붙어 있어 숨이 멎을 뻔했다. 그렇지만 머리카락 때문에 온기를 포기할 수는 없다. 눈을 질끈 감고 호흡을 다졌다. 청결함 따위는 추위에 비하면 아무것도 아니라고 생각할 수밖에 없었다. 자려고 누웠는데 형광등이 켜져 있어 쉽게 잠들지 못했다. 그렇다고 애써 일어나 전등을 끌 기력도 없었다. 시차 탓도 있고 새집에서 잠을 자려니 왠지 어색했다. 벽에 걸린 오래된 시곗바늘은 새벽 1시를 가리킨다. 그때 스마트폰이 울렸다.

-잘 왔어, 이쓰키? 지금 어디야?

소타한테서 답장이 왔다. 너무나 기쁜 나머지 벌떡 일어났다.

-오늘부터 메이다이마에에 살기 시작했어.

문자를 찍어 보내자 바로 소타에게서 답문자가 왔다.

-빨리 보고 싶어.

-나도 소타가 보고 싶어.

-내일은 어때?

소타와 만날 약속을 하며 한창 들떠 있는 사이에 열쇠 따는 소리, 이어서 미닫이문이 열리는 소리가 났다. 그리고 여자 셋이 성큼 거실로 들어왔다. 셋 다 회색과 검정색 옷을 입고 있었다. 이루 말할 수 없을 만큼 음침한 분위기다.

그녀들은 이쓰키를 보고 깜짝 놀란 얼굴이 된다.

"안녕하세요?"

이쓰키가 인사해도 그녀들은 입도 벙끗하지 않았다. 경계를 하는 건지 이쓰키를 똑바로 쳐다보기만 한다. 초라한 행색의 그녀들은 나이조차 가늠하기 어려웠는데, 20대에서 30대 전반쯤으로 눈초리가 매서웠다.

"아, 저는 오늘부터 여기서 살게 된 후루하타 이쓰키예요. 앞으로 잘 부탁드려요."

머리를 조아리자 셋 중 한 명만 가볍게 끄덕였을 뿐, 여전히 말이 없었다. 그녀들은 얼굴을 마주보며 총총히 계단을 올라갔다.

이쓰키는 다시 몸을 뉘었다. 모처럼 신이 났는데, 기분이 팍 상한다.

모르는 사람들과 함께 사는 셰어하우스에 다양한 사람들이 몰려 사는 것은 어쩔 수 없는 일이다. 이쓰키도 그런 점은 잘 알고 있다. 하지만 사쿠라도 그렇고, 방금 들어온 여자들도 그렇고, 한 지붕 아래 함께 사는 건데 후카처럼 사교적이지는 못해도 적어도 표면적으로라도 상냥한 척 할 수는 없는 걸까?

천장에서 들려오는 발걸음 소리가 요란하다. 아마 셋은 2층 개인실, 거실 바로 위에 사나 보다. 공동생활인 만큼 밤에는 소리를 내지 않는다는 최소한의 매너는 좀 지켜주었으면 좋겠다. 아니, 개인실이라는데 세 명이서 같이 살아도 되는 건가? 그런 생각을 하며 천장을 보고 있으니 다시 냉기가 들이닥친다. 외풍이 심하다.

난방 리모컨을 찾아냈는데 구식이라 냉방 기능밖에 없었다. 어쩔 수 없이 옆에 있던 전기히터를 켰다. 오래된 것으로 보이는데, 전에 살던 주민이 두고 간 것 같다. 히터를 켜자마자 '펑' 하는 소리가 들리더니 전기가 나갔다. 깜짝 놀라 자리에서 일어났다. 전등이 나간 깜깜한 방, 2층의 발소리도 크게 들려왔다.

커튼 열리는 소리가 들린 후 "그거! 전기히터 빨리 꺼!"라는 사쿠라의 낮은 목소리가 들려왔다. 이쓰키는 어둠 속에서 황급히 히터 스위치를 껐다. 사쿠라가 부엌으로 와서 차단기를 올렸다. 다시 전기가 들어오고 거실이 밝아진다. 무뚝뚝한 표정의 사쿠라가 코앞까지 다가온다.

"히터랑 전기장판을 같이 켜면 전기가 나간다고."

퉁명스러운 목소리로 말하며 천장을 한번 올려다보고는 다시 자기 침대로 돌아갔다.

이쓰키는 몸을 구부리고 누워 코트를 어깨까지 덮었다. 소타가 미치도록 그리웠다. 빨리 날이 밝기만 기다릴 수밖에 없었다.

2층이 조용해지나 싶었는데 다시 발소리가 들려온다. 이번에는 섬세하고 가볍다. 동동거리며 재빨리 발을 움직이는 소리다. 들어본 적이 있는 소리였다. 그렇다, 쥐다. 쥐의 발소리임을 알아채자 온몸에 소름이 돋았다. 이쓰키는 양손으로 귀를 막고 눈을 꾹 감았다.

꾸벅꾸벅 졸고 있는데 2층에서 내려오는 셋의 발걸음 소리에 눈이 번쩍 뜨였다. 아직 일곱 시 전이었다. 그녀들은 어제처럼 경계심을 드러낸 채 이쓰키에게 가벼운 인사조차 하지 않았다. 그녀들은 부엌에서 요리를 하려고 했다. 이쓰키는 상을 양보하고 벽장 안 자기 침대로 들어가서 딱딱한 판자 위에 앉아 커튼을 닫았다. 이야기 소리가 들려오는데 일본어가 아니라 중국어인 것 같았다.

이쓰키는 시모키타자와에 간다는 후카와 함께 메이다이마에역까지 갔다. 걸어가는 내내 후카는 신나게 이야기해댔다. 후카가 소속된 극단이 연습 중인 연극에 대해 이것저것 설명해준다. 이쓰키는 타이밍을 보고 "저기, 그게 말야" 하고 말을 꺼낸다.

"2층 개인실에 사는 중국인들 있잖아. 그 사람들 명패는 없던데."

"내가 말 안 했나? 왕 웨이야."

"어제 보니까 셋이서 개인실에 들어가던데."

"어. 셋이 같이 살아. 왕 웨이 씨는 이전부터 살았고 나머지는 지난주에 들어왔더라. 그 사람들은 아침에 일찍 나가서 밤늦게 들어와. 그래서 거기 누가 사는지 잘 몰라. 티라미수 하우스 직원이 파악을 못해서 그렇지 알게 되면 쫓겨날걸. 계약한 사람이 아니면 같이 살 수 없거든."

이쓰키는 어젯밤의 발소리를 떠올리며 다음에 또 시끄럽게 굴면 사에키에게 일러야겠다고 생각했다.

역 앞에서 후카와 헤어져 스타벅스 커피로 들어갔다.

차라리 맥도날드라면 더 싼 값에 커피를 마실 수 있었을 텐데……. 하지만 소타는 스타벅스를 좋아했다. 뉴욕에서도 둘이서 자주 스타벅스에 갔다. 소타는 카푸치노, 이쓰키는 카페라테. 사랑하는 소타와 오랜만에 만나는 특별한 날이다. 오늘 같은 날엔 비싼 커피가 차라리 더 잘 어울릴지도 모른다.

스타벅스의 무료 와이파이로 스마트폰을 연결했더니 소타에게서 메시지가 와 있다.

-좀 늦을 거야. 내 것도 주문 좀 해줘.

이쓰키는 소타의 카푸치노까지 사서 2층에서 기다렸다.

약속 시간이 5분쯤 지나서야 소타가 가게로 들어왔다.

듬성듬성 난 수염을 깎은 소타는 깔끔한 분위기로 변해 있었다. 화재가 난 후 피시방에서 지낸다는데 그에 비해 옷도 깔끔했다. 뉴욕에 살 때는 더 지저분한 느낌이었는데 소타의 분위기가 변해서인지 한 달이 아니라 더 오래 떨어져 지낸 것처럼 느껴졌다.

"이쓰키가 이렇게 빨리 돌아올 줄은 몰랐어. 그것도 도쿄로 오다니 완벽한 서프라이즈네."

소타의 눈이 가늘어지면서 포근한 눈웃음이 된다. 그 눈웃음만큼은 조금도 변하지 않은 걸 보니 다시 가슴이 벅차올랐다.

"근데 소타, 괜찮아? 걱정이 많겠다."

"뭐가?"

소타는 무슨 소리냐는 듯한 얼굴이다.

"불이 났다며?"

소타는 토끼 눈을 하며 "어, 그래, 불이 났지" 하고 고개를 끄덕인다.

"보통 일이 아니었어."

서양 사람처럼 머리를 크게 흔들고는 카푸치노 컵을 입에 갖다 댄다.

"어디 피시방에 사는데?"

"응?"

소타는 또 한번 어리둥절한 토끼 눈이 된다.

"불이 난 건 이 근처야? 시모키타자와?"

"응, 어. 거, 거기."

소타는 이쓰키의 눈을 슬쩍 피한다.

"계속 피시방에 있는 건 안 불편해?"

"뭐 그냥 그럭저럭. 너는 메이다이마에에 산다며? 부럽다. 거긴 교통도 편하잖아."

소타는 이번엔 이쓰키를 똑바로 쳐다보며 미소 지었다.

"너 사는 데로 가도 돼?"

"셰어하우스라 안 돼."

"셰어하우스? 남자도 같이 살아?"

혹시 이건 질투일까? 그렇다면 마냥 행복할 것이다.

"무슨 소리야? 여성 전용이니까 안심해. 이름도 얼마나 귀여운데. 티라미수 하우스야."

소타는 정말이냐며 한숨을 쉬었다. 그리고 이쓰키의 말을 끊고 자기 얘기를 계속한다.

"그럼 내가 슬쩍 들어가서 함께 살 수는 없겠지? 왜 하필이면 셰어하우스야?"

소타는 등을 의자에 기대고 앉아 다리를 꼬며 자세를 바꿨다. 그러고는 스마트폰을 주머니에서 꺼냈다.

"그게, 좀 급하게 구하느라."

돈도 없어서, 라고는 말하지 않았다.

"이쓰키랑 같이 살고 싶었는데."

소타는 스마트폰을 보며 말한다.

"나도 소타랑 같이 살고 싶어."

"그럼 말야" 하고 소타는 이쓰키를 지그시 바라본다.

"그럼 우리 둘이 그냥 호텔에서 지내는 건 어때?"

"미안. 지금은 그럴 여유가 없어."

호텔비를 소타가 내준다면 몰라도, 라고 하려다 입을 다물었다. 미국에서 여행했을 때도 소타가 돈을 낸 적은 한 번도 없었다.

"진짜 한 푼도 없어."

소타는 입버릇처럼 말했다. 그럴 때마다 이쓰키는 군말 없이 돈을 지불했다.

"그래? 아쉽다."

소타는 무척이나 실망한 표정이다. 그러고 나서 다시 스마트폰 화면으로 시선을 떨군 채 스크롤을 내리기 시작했다.

"나, 이제 일 시작할 거야. 그럼 같이 살 데를 찾아보자."

"어, 미안, 잠깐!"

소타가 이쓰키의 말을 끊는다.

"무슨 일이야?"

갑자기 급한 볼일이 생겼다며 미간을 좁혀 미안하다는 표정을 짓는다.

"화재 때문에 일이 좀 생겼어. 미안. 나중에 다시 보자."

카푸치노를 들고 재빨리 일어난 소타는 어느새 자리를 떴다. 이쓰키는 소타가 사라질 때까지 등에서 시선을 떼지 않았지만 소타는 뒤도 돌아보지 않았다.

아침이 왔지만 이쓰키는 커튼도 열지 않은 채 이불 속에 가만히 누워 있었다.

"이쓰키, 일어났어?"

후카의 소곤거리는 목소리가 들려온다.

"어제부터 거기서 한 번도 안 나온 것 같은데 어디 아파? 감기야? 약 있는데."

"어, 괜찮아."

"그럼 다행이고. 걱정이 돼서."

후카의 목소리가 점점 더 커진다.

"사쿠라모찌[7] 먹을래?"

어제부터 아무것도 먹지 않은 까닭에 좀처럼 그 유혹을 물리칠 수 없었다.

"응, 먹을래."

몸을 일으켜 커튼을 열고 침대 밖으로 나갔다. 시각은 오후 4시로 여간해서는 침대에서 나오지 않는 사쿠라도 드물게 외출 중이었고 티라미

---

7 벚꽃잎에 떡을 싸서 찐 음식으로, 보통 봄에 꽃놀이할 때 먹는다.

수 하우스에는 후카와 이쓰키뿐이었다.

"어젯밤에, 좀 수상한 사람이 왔었대. 혹시 봤어?"

"수상한 사람? 난 못 봤는데."

매일 밤 위층이 소란스러워 비행기에서 쓰던 귀마개를 하고 잤다.

"응, 어떤 남자가 티라미수 하우스 주변을 빙빙 맴돌고 있었대. 요시미 언니가 뒷모습만 봤대."

혹시 소타가 찾아온 걸까?

"남자? 젊은 사람이야?"

"으음, 뒷머리가 휑하다던데. 나이 든 사람이 아닐까?"

"흐음. 그래?"

실망감을 감출 수 없었다.

"누구 찾아올 사람이라도 있어?"

"아니, 그게 아니라."

"근데 수상한 사람 말인데 옆집도 빈집이고 너무 무서워서 나랑 요시미 언니랑 스위츠 에스테이트에 얘기해뒀어. 그랬더니 아까 사장이 보러 왔더라. 이 사쿠라모찌 들고. 오늘이 히나마쓰리[8]래. 사장, 꽤 센스 있지?"

후카는 일본차 티백을 우려낸다.

"히나마쓰리였구나."

매년 고향집에 진열된 히나 인형[9]을 떠올리니 부모님이 보고 싶어져

---

8 매년 3월 3일로 여자 어린이의 건강한 성장을 기원하는 날이다. 분홍색으로 물들인 쌀 뻥튀기를 먹고, 밥 위에 생선을 얹은 '지라시즈시'라는 초밥을 먹는다.

9 궁중에 사는 사람들을 본떠 만든 인형들이다. 아랫단에는 궁중에서 일하는 사람들을, 맨 윗단에는 공주와 왕자를 놓는다. 보통 입춘에 꺼냈다가, 3월 3일 히나마쓰리가 끝나면 바로 치워야 한다. 치우지 않고 오래 진열해두면 딸의 혼기를 놓친다고 한다.

가슴이 미어졌다.

그렇지만 부모님은 이쓰키가 뉴욕에서 잘 지낸다고 믿고 있다. 그래서 만나러 갈 수도 없었다.

이쓰키는 고향에서 여대를 나온 후 시내의 한 작은 회사에 취직했다. 회사에서는 사장 마음에 들어 비서 같은 일을 하게 되었다. 그러다 점점 사장이 밥을 사주는 일이 잦아졌다. 특별한 대접을 받는 것 같아서 조금 자랑스럽기도 했다. 그러는 사이에 이쓰키가 사장의 애인이라는 소문이 돌기 시작했다. 아마 그 소문은 다른 여자 사원들의 질투였는지도 모른다. 실제로 사장과 관계가 있던 것도 아닌데 사장 부인으로부터도 의심을 받아 눈치가 보였다. 소문은 사내뿐만 아니라 고향 마을 전체로 퍼져나갔다. 동창들 사이에도 소문이 돌아 더 이상 고향에 머무를 수 없게 되자, 이쓰키는 도망치기로 작정했다. 도쿄로 갈까 싶었는데 어차피 떠날 거라면 해외도 나쁘지 않았다.

영어 공부가 자신의 인생에 도움이 될 거라고 부모님을 설득했을 때 부모님은 어쩔 수 없다는 듯 학비와 항공비를 내주셨다. 시골에서 작은 개인병원을 하는, 체면을 중시하는 부모님 입장에서는 사장의 애인이라고 소문난 딸이 애물단지였는지도 모른다. 어쩌면 부모님도 자신을 의심한 것이 아니었을까. 불륜을 저지른 딸이 꼴 보기 싫은 건 아니었을까. 어느 쪽이든 애인이라는 의심을 받게 경솔한 행동을 한 이쓰키가 부모를 실망시킨 것은 사실이었다.

그렇게 오른 유학길이었는데 뉴욕 생활비의 대부분을 놀면서 까먹었다. 소타한테 빌려준 돈도 적지 않다. 영어를 배우겠다고 약속하고 떠난 미국행. 영어는 조금도 늘지 않았다. 그것도 남자한테 빠져서 다 돈을 써

버렸다고는 솔직하게 털어놓을 수도 없었다. 그래서 일본에 돌아온 후에도 뉴욕에 있는 것처럼 꾸며 엄마에게 문자를 보냈다.

사실이 밝혀지면 부모님은 이쓰키를 지금보다 더 철부지 딸내미로 규정할 것이다. 그러잖아도 부모님의 기대에 부응해 의사가 된 언니와는 늘 비교의 대상이었다.

전기장판 위에 앉아 후카와 둘이서 사쿠라모찌를 먹었다. 그리 달지 않고 꽤 고급스러운 맛이었다. 이런 소소한 즐거움은 지친 마음에 위로가 된다.

갑자기 눈물이 터져 나왔다.

"왜 그래?"

"아무것도 아니야."

말은 그렇게 했지만 눈물샘이 붕괴되어버린 것만 같다.

몰랐던 것도 아니다. 사실은 알면서 모른 척했다.

소타는 이쓰키를 이용했다. 돈이 목적인 걸 알면서도 이쓰키는 제멋대로 자기 좋을 대로만 해석하며 자신을 속여왔다.

메이다이마에 스타벅스에서 만난 이후 소타한테서 한 번도 연락이 오지 않았다. 지난 2주간 문자를 보내봤지만 답이 없었다. 소타를 위해 스마트폰을 재계약하고 언제 어디서나 24시간 연락이 가능하게 해놓았는데, 연락은 오지 않았다.

화재도 거짓말일 것이다. 아니, 화재뿐만이 아니다. 소타의 말은 어디까지가 거짓이고 어디까지가 진실일까. 이제 와서는 알 턱이 없다.

속았다고 인정하니 뉴욕에서의 날들이 허무하게 느껴졌다. 이용 가치가 없어진 이쓰키는 소타에게 버림받았다. 연락하지 않는 것을 보면 분명한 사실이었다.

손가락으로 닦아도 닦아도 눈물이 뺨을 타고 흘러내렸다. 감정을 억눌러보려고 했지만 끝내 오열이 터져 나왔다.

"참지 마, 실컷 울어."

이쓰키는 소리를 내며 울었다.

"그냥 한번 살아보려는 건데 대체 왜 이리 힘이 들까?"

후카는 그렇게 말하며 이쓰키의 등을 쓰다듬었다.

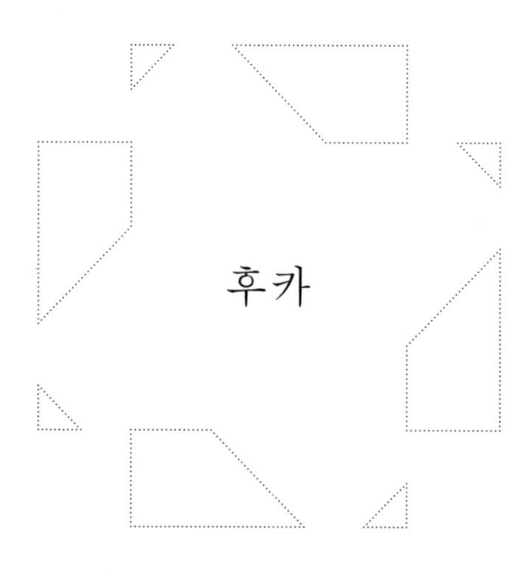

후카

고데라 후카는 편의점 음료수 선반 앞에 서서 발포주[1]를 고르느라 고민 중이었다. 그때 등 뒤에서 인기척을 느꼈다. 그와 동시에 누군가 그녀를 미는 바람에 휘청했다.

후카를 뒤에서 슬쩍 민 회사원으로 보이는 남자는 모르쓰[2]를 꺼내들며 '탕' 하고 유리문을 닫았다. 그리고 후카를 슬쩍 보고 미안하단 말도 없이 사라졌다.

'츳.'

혀라도 한번 차주고 싶었는데 작은 한숨을 내쉬는 걸로 만족해야 했

---

1 일본에서는 맥아를 사용한 술을 맥주와 발포주로 나눈다. 맥주는 맥아 비율이 50% 이상인 것, 발포주는 맥아 비율이 50% 미만인 것을 말한다. 맥아 비율이 낮은 발포주가 가격이 더 저렴하다.

2 1986~2015년까지 산토리 맥주가 판매하던 맥아 100%로 제조한 맥주. 가격도 그만큼 비싼 편이었다.

다. 몸을 일으켜 음료수 선반 문을 열고 바로 앞에 있던 발포주 몇 개와 녹차 페트병을 꺼낸다.

그리고 과자 코너에 가서 초콜릿과 스낵을 적당히 담아 계산대로 갔다.

합계 금액이 3천 엔 가까이 나왔다. 지갑을 들고 우물쭈물 망설였다. 천 엔짜리 세 장이 지갑 속에 있는 지폐의 전부다. 나중에 돌려받는다고 하더라도 지금 이 지출은 여러모로 부담이 될 것이다. 이번 달은 소속 극단에서 하는 연극 티켓을 강매당한 데다, 친분이 있는 다른 극단 티켓까지 샀더니 생활비가 많이 부족했다. 아르바이트비가 들어올 때까지는 이 3천 엔과 동전만이 목숨줄이었다.

편의점 점원은 후카가 돈을 내기만 기다리고 있다. 내고 싶지 않은 마음을 들키지 않으려고 재빨리 지폐를 내고 계산을 마친다. 그러고는 도망치듯 편의점을 빠져나왔다.

어두운 밤, 무거운 비닐봉지를 들고 주택가의 좁은 골목을 빠른 걸음으로 걷는다.

아무 생각 없이 바닥만 보고 걷던 후카는 갑자기 들이닥친 불빛에 깜짝 놀란다. 곧이어 "야, 비켜!" 하는 성난 목소리가 들리더니, 자전거가 맹렬한 스피드로 후카 옆을 지나쳤다.

잠깐 멈춰 서서 숨고르기를 하며, 심장 박동이 원상태로 돌아오기를 기다렸다.

그래, 이런 날도 있지. 신경 쓰지 말자. 할머니가 좋아하시던 〈미토 고몬〉[3] 주제가에도 인생에는 고락苦樂이 있다고 나오지 않는가.

---

3 水戸黃門(1628~1701). 미토 지역의 영주로 《대일본사》를 편찬했다. 드라마 〈미토 고몬〉은 1969년에 첫 방송이 시작되었고, 이후 여러 번 드라마 시리즈로 방영되었다. 미토 고몬이 암행어사처럼 전국을 떠돌며 악(惡)을 징벌하는 이야기다.

할머니도 저 하늘의 별이 됐을까? 돌아가신 할머니가 사무치게 그리웠다. 할머니에게 오리온자리를 알려드렸을 때 "나한테는 잘 안 보이지만, 너는 참 똑똑하고 아는 것이 많구나" 하고 칭찬해주셨다. 할머니는 칭찬을 아끼지 않으셨고, 후카를 자랑스러운 손녀라고 주변에 자랑하셨다.

"우리 후카, 노래도 잘하는구나. 어쩜 이렇게 우아하니? 우리 아가, 미인이네. 머리도 좋구나."

할머니와 있으면 입이 헤벌쭉 벌어졌다. 할머니는 키가 150센티인 후카보다 더 작았다. 햇볕에 검게 그을린 피부에, 주름이 자글자글한 얼굴로 웃는 할머니를 떠올리자 가슴이 찡하고 눈물이 났다.

"너는 웃을 때 제일 예쁘단다."

할머니가 한 말을 반복해서 떠올리며 콧물을 들이마셨다.

5분쯤 지나 도착한 경량 철골 아파트는 날림으로 지은 게 분명한 볼품없는 원룸이었지만, 후카가 사는 셰어하우스에 비하면 훌륭한 편이었다. 월세가 얼마일까를 예상하며 외부 계단을 올라간다.

벨을 눌렀는데 대답이 없다. 한 번 더 누르자 잠시 후 문이 열리고 방주인이 나타났다. 후카가 소속된 극단 '넌센스 시어터'의 간판 배우인 시마다 하야토다.

그는 후카 손에 들린 비닐봉지를 보며 애매한 표정을 짓는다.

"그건 또 뭐야?"

"좀 전에 마실 거랑 안주 사오라고 했잖아……."

"그랬나? 내가 그랬어? 깜박했네."

'인생에는 낙이 있으면 고생도 있고, 눈물 뒤에는 무지개가 뜬다. 걸어라 열심히, 너의 길을 꾹 밟으며'라는 주제가는 1969년에 탄생한 이래, 지금도 같은 드라마에 쓰이고 있는 국민가요다.

하야토 뒤에서 "누구야?" 하는 애교 섞인 목소리와 함께 미카가 얼굴을 드러낸다. 후카를 본 미카의 입가에 살짝 조소가 서린다.

"벌써 다 집에 갔어. 근데 언제 편의점에 간 거야? 우린 몰랐지."

현관에서 슬쩍 방을 보니 극단 단원 셋은 이미 집에 돌아간 후였다.

"정리도 끝났으니까 먼저 가도 돼."

미카는 그렇게 말한 후 하야토를 올려다본다. 그 몸짓이 요염하다.

미카는 후카보다 나이가 어렸지만, 세상 물정을 잘 아는 것 같았다. 가슴이 크고 남자가 좋아하는 체형이었다. 공연 후에 회수하는 앙케트 용지에는 '마음에 든 연기자'를 쓰는 란이 있는데, 남자 관객들이 가장 많이 적어내는 이름이 미카였다. 후카 이름을 적은 사람은 단 한 명도 없었다.

"이거" 하며 후카는 봉지를 내민다.

"맥주랑 안주가 남아서 괜찮아."

하야토가 귀찮다는 듯 말했다.

"그래도……."

후카도 발포주와 과자 따위 필요 없었다. 대금을 지불하길 바랐을 뿐이다. 그렇지만 대놓고 안줏값을 달라고 말하려니 입이 떨어지지 않았다.

"그거, 가져가."

후카는 이 상황이 어처구니가 없어서 비닐봉지를 들고 가만히 서 있었다.

"우리 둘이 연극 얘기 좀 할 게 있어."

하야토는 후카에게 어서 가라고 재촉하듯 "그렇지?" 하며 미카를 본다.

미카도 "응" 하고 고개를 끄덕인다. 그리고 후카를 보고 귀찮다는 듯 "잘 가" 하며 손을 흔들고 문을 세게 닫았다.

무거운 발걸음으로 계단을 내려가 전철역으로 향하는 골목길을 걷고 있을 때 눈짓으로 신호를 보내던 하야토와 미카의 얼굴이 떠올랐다. 딱히 하야토를 좋아한 것은 아니었다. 저런 나르시시스트에겐 관심 없다. 하지만 자신이 누군가에게 먼지보다 가벼운 존재란 사실, 그것이 괜히 억울했다. 후카가 잠깐 술을 사러 간 사이에 술자리가 끝났다는 것에도 화가 났다. 다른 단원들도 후카가 없어진 것을 눈치채지 못했을 것이다. 그게 아니라면 알고 있어도 신경 쓰지 않았을 것이다.

옛날부터 후카는 존재감이 없었다. 학교에서 왕따를 당하는 일조차 없었다. 고교 시절, 운동회가 끝나고 반 친구들끼리 다 모여 패밀리 레스토랑에 가기로 했던 일이 떠올랐다. 당시 간병이 필요한 할머니 때문에 잠깐 집에 들렀다가 패밀리 레스토랑에 갔는데, 후카가 도착해서 보니 거기엔 아무도 없었다. 친구에게 연락해서 2차 장소인 노래방으로 찾아갔는데 "없는 줄도 몰랐네!"라는 소리나 들어야 했다. 그 후로는 친구들이 자신의 존재를 잊을까 봐 안절부절못하게 되었다.

집에서는 다섯 형제 중 셋째로, 가족 중에서도 눈에 띄는 존재는 아니었다. 그런 후카를 위해준 것은 할머니뿐이었다. 후카가 자신을 닮아 키가 작달막하다며 늘 신경 써서 보살펴주셨다.

3월 말이었다. 겨울이 가고 비로소 벚꽃이 피기 시작했다 싶었는데 밤공기는 여전히 쌀쌀했다. 봄이 왔다는 반가운 마음에 얇은 옷차림으로 나온 후카의 발걸음이 쌀쌀한 공기 때문에 절로 빨라진다.

이노카시라선 전철은 무척 붐볐다. 옆에 선 양복 차림의 남성은 술 냄새가 심한 데다 서 있는 것도 힘이 드는지 후카 쪽으로 자꾸만 몸을 기대왔다. 기분이 점점 불쾌해졌지만 피할 곳도 없었다. 금세 도착할 거라고 되뇌며 숨을 멈추고 그 상황을 견디고 있었다. 그런데 메이다이마에역에 도착하기 직전에 남자가 갑자기 웅크리더니 "우욱" 하고 먹은 것을 신나게 토해냈다.

순식간에 일어난 일이었다. 피할 여유도 없이 후카가 손에 든 비닐봉지까지 토사물이 튀었다. 황급히 손에서 봉지를 놓았다. 봉지가 바닥에 떨어지는 소리가 들린다.

후카는 앉아서 토하고 있는 남자 옆에 떨어진 봉지를 놓아두고 뒷걸음질 쳐 남자에게서 벗어났다. 승객들은 모두 그 남자와 거리를 두려 했고, 인파로 가득한 전철 안에서 그 남자 주변만 텅 비어버렸다.

어쩌면 이렇게 운수 없는 날이 다 있을까.

메이다이마에역 개찰구를 나오자 한시라도 빨리 집으로 가고 싶어졌다. 뛰다시피 해서 티라미수 하우스로 향했다.

불 켜진 집으로 돌아오니 그제야 마음이 편안해진다.

시대에 뒤떨어진 티라미수 하우스 외관, 내부의 허름한 분위기, 오래된 가구들. 모두 할머니가 사시던 별채와 비슷해서 안심이 되었다.

"다녀왔습니다."

작은 목소리로 인사하고 다인실로 들어간다.

"잘 다녀왔어?"

이쓰키가 상에 앉아 스마트폰을 보고 있다. 그녀는 당초에 한 달만 티라미수 하우스에 살 거라고 했는데 여태 머물고 있다.

자세히 묻지는 않았지만 실연을 당한 모양이다. 상처가 아직 남아 있는지 오밤중에 침대에서 흐느끼는 소리가 들려올 때도 있었다. 후카는 이쓰키가 안쓰러웠다.

후카는 되도록이면 이쓰키에게 먼저 말을 걸려고 했다. 이쓰키도 후카에게 조금씩 마음을 여는 것처럼 느껴진다. 무엇보다 이렇게 집으로 돌아왔을 때 잘 갔다 왔냐고 인사해주는 것이 기뻤다.

"뭘 보고 있었어?"

다가가 옆에 앉는다.

"일자리 찾고 있었어."

"지난번 면접은?"

"잘 안 됐어."

이쓰키의 어깨가 축 처져 있다.

"괜찮아. 이쓰키라면 금세 좋은 직장을 구할 수 있을 거야."

위로라도 하려고 했는데 이쓰키는 입을 비쭉 내밀고 고개를 흔든다.

"아무래도 정사원은 무리인가 봐."

"아르바이트라면 더 빨리 구할 수 있을지도 모르겠다. 외모가 귀여우니까, 음식점 서빙은 어때?"

"그럴까."

고개를 갸웃거리는 이쓰키의 태도가 너무 귀여워서 같은 여자인 후카도 가슴이 설렌다. 이런 여자를 버린 남자가 괜찮은 남자일 리 없다.

후카는 예전부터 남자가 불편했다. 아니, 그렇다기보다 남자들은 후카를 여자로 보지 않았다. 남자들은 언제나 후카를 함부로 대하는 것 같았다. 다른 여자들이 추앙받는 것을 보고 있으면 조금 비굴해지고, 남자라는 존재가 전반적으로 야속하고 못마땅했다. 그래서 여성 전용 셰어하우스는 후카에게 마음 편한 장소였다.

티라미수 하우스에서 후카는 고참뻘이어서 이쓰키처럼 후카를 믿고 따라주는 사람도 있다. 그런 사람이 하나라도 있으면 생활이 즐거워지고 보람도 느낄 수 있다. 여기서 후카는 잊혀진 존재가 아니다.

그때 중국인 왕과 그 친구까지 셋이 들어와 이쓰키와의 대화가 잠깐 끊겼다.

"왕 웨이 씨, 다음 주 쓰레기 당번이에요."

계단을 올라가려는 왕의 등에 대고 소리치자 그녀는 뒤돌아보고 가볍게 머리를 숙였다.

셋이 계단을 올라간 후, 교대라도 하듯 2층에서 요시미가 내려왔다.

"후카, 미안한데 오늘 장 본 거."

"아, 맞다. 오늘 혼자 가게 해서 미안해요."

"괜찮아. 이쓰키랑 같이 갔다 왔어."

그랬다. 지난주부터 이쓰키도 같이 밥을 먹고 있다.

"미안한데, 장 본 비용 지금 좀 줄 수 있어?"

요시미가 면목 없다는 듯 낮은 톤으로 말했다.

"어, 네."

대답은 그렇게 했지만 지갑 안에는 동전밖에 없다. 아까 편의점에서 산 술값을 더치페이하지 않은 하야토가 야속했다.

"언니, 얼마예요?"

"1인당 2,274엔."

돈이 부족했다.

"미안해요. 지금 편의점에 가서 찾아올게요."

후카의 말에 요시미는 "어, 그래? 번거롭게 해서 미안하네" 하며 겸연

찍어했다.

"됐어. 너무 신경 쓰지 마. 지금 아니라도 괜찮아. 언제든 괜찮으니까."

요시미가 일어나 방으로 들어가려고 한다.

"언니, 진짜 미안해요. 내일 꼭 낼게요."

다들 간당간당 살아가는데 이렇게 부담을 주는 것이 미안했다.

요시미가 2층으로 올라가자 이쓰키도 이제 자야겠다고 했다.

후카는 이쓰키를 잠시라도 곁에 두고 싶었다. 이대로 혼자 있으면 비참한 기분이 계속될 것만 같았다.

"스위츠 에스테이트 행사가 있는데, 알아?"

"무슨 행사?"

"어디였지? 아, 쓰키지 시장에 간대. 초밥을 먹는다던데. 스위츠 사장이 여잔데 다른 셰어하우스에 사는 사람들이랑 교류라도 하라고 행사를 자주 기획하곤 해. 크리스마스 파티도 재밌었어. 그런 행사가 있을 때마다 사장이 나만 불러서 사람을 꼭 좀 모아 달라고 부탁하거든."

"와아!"

이쓰키는 꽤나 흥미롭다는 듯 눈을 동그랗게 떴다.

"영국 사람도 있으니까 영어회화 공부도 될걸. 너는 영어 좀 하니까 좋겠다."

"그렇지도 않아."

이렇게 겸손한 모습도 사람들이 이쓰키를 좋아하는 이유일 것이다. 이쓰키는 패션 센스도 좋았고 전반적으로 좋은 집안에서 자란 티가 났다. 깔끔한 성격이라 티라미수 하우스도 자주 청소하고 정돈했다. 이쓰키는 이 티라미수 하우스와는 어울리지 않는다. 뭔가 복잡한 사정이 있을 게 분명하다. 그런 생각이 들자 이쓰키에게 더 잘해주고 싶었다.

"그 쓰키지, 가는 거 언제야?"

"아마 골든 위크 끝나고 나서 일걸."

그때쯤 되면 아르바이트비도 들어올 것이다. 후카는 참석할 생각이었다. 아니, 티라미수 하우스의 실질적인 대표 격인 자신이 빠질 수는 없는 노릇이다.

"나도 갈까 봐."

"정말?"

"응, 쓰키지에서 초밥을 먹는다니 대단하잖아. 재밌겠다."

눈을 반짝이며 대답하는 이쓰키의 얼굴을 보니, 만족스러운 기분이 들었다.

다음 날도 늦게까지 극단에서 연극 연습과 회의를 했다. 이런 작은 극단에서도 배우로서의 자질은 금세 드러나는 법이다. 하야토와 미카가 연기하는 모습을 보면, 그들이 인상에 남는 특별한 사람이란 사실을 인정하지 않을 수 없다.

후카는 연기를 할 때마다 자신에게 재능이 없다는 것을 실감한다. 주어진 배역은 늘 단역이다. 자신은 누군가를 빛나게 하기 위한 존재다. 이번 연극에서는 초등학생과 노인 두 가지 역을 맡았는데, 두 역 다 합쳐봤자 대사는 손가락으로 꼽고 남을 정도다. 이목을 집중시키는 화려함의 부재야말로 배우로서 치명적인 결점이란 사실도 모르는 바 아니었다.

극단 동료들과 함께 있으면 꿈을 가지고 사는 것도 자신의 재능을 어느 정도 확신한 사람들뿐이란 걸 알게 된다. 자기처럼 재능도 없고, 더불어 자신감도 없는 사람은 일말의 희망에 매달리는 척하며, 매일매일 자신을 속이고 살아갈 수밖에 없다.

그럼에도 최소한 공상의 세계에서만이라도 짧은 시간이지만 전혀 다른 사람이 되어보고 싶었다. 현실에서 눈을 돌리고 싶었다. 배우를 그만두고 싶지 않은 이유다.

연습을 마치고 후카는 곧장 아르바이트를 하는 노래방으로 갔다. 심야부터 아침까지 일을 해야 했다. 오늘은 모니터 화면 너머로 얼싸안고 있는 커플을 보니 부아가 치밀었다. 막차를 놓치고도 즐겁게 노래하는 회사원들의 주문에는 퉁명스럽게 대답했다. 그냥 누구한테랄 것 없이 "이 바보야, 시끄러워!" 하고 큰소리를 치고 싶었다.

지금 얼마나 행복한지 남과 비교해봤자 무슨 소용이 있을까. 조금 낫거나 조금 못하거나 도토리 키 재기일 뿐이다. 늘 그렇게 생각해왔는데, 오늘은 자신이 세상에서 가장 불행한 사람처럼 느껴진다.

마음이 괴로워서인지 시간이 더 더디게 갔다. 아침 여섯 시, 아르바이트를 마쳤을 때는 체력이 완전히 고갈된 상태였다.

간신히 티라미수 하우스로 기어들어가 벽장 침대에 눕자마자 눈을 감았다. 그것도 잠시, 전자음과 함께 피처폰이 울려 눈을 떴다. 몸이 무거워 도저히 일어날 수가 없다. 또다시 잠에 빠져들려는 찰나, 피처폰 소리와 진동음이 동시에 들려와 눈이 떠졌다. 아래 침대에서 혀를 차며 "시끄러워!" 하고 소리치는 사쿠라의 목소리가 들려왔다. 얼른 피처폰을 들고 알람 기능을 해제했다.

머리를 흔들고 상체를 일으켜 침대 밖으로 나가자, 거실에는 아침 식사가 차려져 있었다. 토스트와 인스턴트 커피로 만든 카페오레가 상 위에 나란히 놓여 있다.

“잘 잤어, 후카? 달걀 먹을래?”

이쓰키가 부엌에서 명랑한 얼굴로 묻는다.

“어, 아니, 오늘은 식욕이 없어서 됐어.”

상에 앉으며 대답하자 요시미가 토마토를 담은 접시를 가져왔다.

“어젠 잠도 거의 못 잤지? 괜찮아? 요즘 너무 피곤해 보여.”

이쓰키는 걱정하듯 눈을 크게 뜨고 후카의 안색을 살핀다. 큰 눈이 더 커진 이쓰키는 오늘따라 유난히 아름다웠다.

“응, 괜찮아. 오늘 연극 연습도 있어.”

억지로 미소를 지으며 대답한다. 이곳 티라미수 하우스의 고데라 후카는 밝고 친절한 사람이고 싶다.

“여름 공연, 나도 보러 갈게.”

이쓰키가 와준다니 기뻤지만 엑스트라인 게 탄로 날까 봐 마음이 조마조마했다. 그래서 오지 않기를 마음도 없지 않았다. 마음이 복잡했다.

“별로 재미없을지도 몰라.”

“코미디라며?”

“그렇긴 한데, 웃기려고 하는 게 아니라 웃음거리가 되는 거랄까? 여하튼 정신 산만해.”

후카가 1년 반 전에 이 극단에 들어간 것은 예전에 아르바이트를 하던 시모키타자와 술집에서 연극 단원 모집 전단지를 봤기 때문이다. 시모키타자와에 있는 극단이라면 어디든 상관없었다. 곧장 찾아가 오디션을 봤는데 덜컥 합격한 것이다. 그런데 후카는 자신이 소속된 ‘넌센스 시어터’의 개그 센스를 아직 이해할 수 없었다. 그러니 당연히 애착도 거의 없었다.

"연습에, 아르바이트에 바쁘겠다, 정말."

"음, 연극배우란 게 그렇지 뭐."

"후카, 몸 잘 챙겨."

요시미답지 않게 한마디 한다.

"이것만 먹고 좀 잘게요, 언니. 그러면 괜찮아질 거예요."

요시미를 보니, 식재료비를 아직 안 낸 것이 떠올랐다.

"저, 요시미 언니, 돈 아직 못 찾았어요. 먹고 은행 갔다 올게요."

"나, 바로 나갈 거야."

요시미가 살짝 미소 짓는다.

후카는 면목이 없어 "미안해요" 하며 바닥을 쳐다봤다.

"후카, 걱정 마. 내가 대신 낼게. 지갑 가져올게."

이쓰키가 일어나려고 했다. 후카는 "아니, 괜찮아" 하며 막는다. 이쓰키한테 돈을 빌린다니 말도 안 되는 얘기다.

"요시미 언니, 오늘 꼭 낼게요."

"너무 신경 쓰지 마."

요시미는 카페오레만 다 마시고, 토스트에도 토마토에도 전혀 손대지 않고 자리에서 일어났다.

JR 소토보선은 플랫폼이 멀리 떨어져 있어 도쿄역에서 갈아타기 불편하다. 도쿄 바로 옆에 있는 지바현으로 가는 것뿐인데, 몹시 떨어진 산간벽지로 가는 기분이 든다.

가본 적은 없지만, 신칸센이 오가고 비행기가 이착륙하는 지방의 대도시가 지바현보다 훨씬 문화적이지 않을까? 도쿄에서 가까운 것이 유일한 장점인 지바의 시골 마을에 매력적인 부분 따위는 있을 리 없었다.

모바라역에서 내려 집으로 가는 버스 안, 창밖으로 보이는 풍경은 사무치게 그리운 고향 모습이 아니라 오히려 혐오감을 자극하는 풍경이다. 활기 없는 파친코점, 쓸데없이 크기만 한 드럭 스토어, 대형 마트, 렌탈 숍, 유니클로, 그리고 홈센터가 잇따라 보이더니 느닷없이 논과 밭이 나타난다. 논밭을 지나다 보면 듬성듬성 편의점이 얼굴을 드러낸다. 외딴 시골 풍경은 친구도 없이 혼자 보낸 자신의 유년시절과 겹치며 후카를 몸서리치게 만든다.

유일한 특징은 테니스 코트가 많다는 것이다. 특히 이 시기는 황금연휴이기도 해서 대학의 테니스 동아리 엠티로 온 학생들도 많았고, 평소와는 달리 연휴를 보내러 온 사람들로 온 동네가 북적거렸다. 대부분은 도쿄에서 온 사람들이다.

후카의 가족은 테니스 코트가 딸린 민박 '고데라'를 운영했다.

어머니가 대학 시절, 테니스 동아리 엠티로 이곳에 와서 부상을 당했을 때 후카의 아버지가 차로 병원까지 데려다준 것이 인연이 되어 사귀기 시작했다. 두 사람은 무려 열다섯 살이나 차이가 났다. 어머니는 대학에 다니는 와중에 임신을 하게 되었고 둘은 결혼했다. 그리고 어머니는 이곳에서 세 딸을 낳아 키우셨다. 후카는 그중 막내였다.

그러나 후카가 다섯 살 때 부모님은 이혼했고, 어머니는 딸 셋을 두고 집을 나갔다. 그 후로 한 번도 어머니를 만나지 못했다. 지금도 어디에 사는지 모른다.

원래 도쿄 세타가야구에서 태어나 자란 어머니에게 구주구리 시골 마을은 어울리지 않았다. 어제 장에서 무슨 찬거리를 샀는지, 하루면 온 동네에 소문이 나는 좁은 마을의 폐쇄된 인간관계는 도시 여자에겐 꽤나 번거로웠을 게 분명하다.

다만 후카는 어머니가 자신을 아버지한테 두고 간 것을 오랫동안 이해할 수 없었다. 할머니가 귀여워해주신 덕에 그나마 어머니에 대한 그리움을 숨기고 살 수는 있었지만, 그렇다고 온전히 떨쳐낼 수는 없었다.

아버지는 어머니와 헤어진 후 10년쯤 혼자 살다가 같은 지바 출신인 30대 여성과 결혼했다. 덕분에 후카에게는 나이 차이가 좀 나는 남동생과 여동생이 생겼다. 후카는 새엄마 중심으로 돌아가는 가족에 적응하지 못했고 할머니가 사시는 별채에서 주로 지냈다. 언니 둘은 고등학교를 졸업하자마자 상경했고, 이미 결혼해서 아이도 있다.

버스에서 내리자마자 바다 냄새가 코를 찌른다. 후카의 집은 바다에서 200미터 떨어진 거리에 있었다. 고령의 할머니가 휠체어를 끌고 자주 해안을 산책하던 것이 떠올라 마음이 무거워졌다. 할머니를 간병하는 일은 후카가 도맡아서 했다.

할머니 영정 사진 앞에 놓을 꽃을 산 후, 버스정류장에서 5분 거리인 집으로 향했다.

집에 들어간 후카는 깜짝 놀랐다. 민박으로 쓰는 건물과 그 안쪽의 본가가 깔끔하게 리폼되어 있었다. 그런데 아무리 찾아봐도 할머니가 살던 별채는 보이지 않고 그 자리에 야간용 라이트가 설치되어 있었다. 이제껏 없던 클레이 코트도 보인다.

후카는 민박으로 들어가 먼저 부엌으로 갔다.

"이제 왔구나. 왜 이리 늦었어?"

아버지는 민박 손님들의 저녁을 준비하느라 바빠 보였다. 후카는 황금

연휴라 일손이 부족하다는 아버지의 연락을 받고 집으로 돌아온 것이다.

"어떻게 된 일이야, 별채는?"

후카에게 말 한마디 없이 별채를 없애다니 용서할 수 없었다. 몸이 바들바들 떨렸다.

"할머니 돌아가신 지 3년도 안 됐어."

"그렇다고 별채를 그냥 둘 수도 없잖니. 그건 됐고, 거기 그렇게 서 있지만 말고 빨리 와서 좀 도와."

그건 됐고, 라니. 이렇게 중요한 일을 어물쩍 넘어갈 참인가!

"그래, 얘, 너도 도시로 나가서 네 맘대로 살고 있으니까 가끔 집에 왔을 때는 제대로 좀 도와줘."

계모가 얼굴을 들이밀고 핀잔을 준다. 이 여자의 품위 없는 얼굴은 언제 봐도 변함이 없다.

후카는 어금니를 꽉 깨물고 분노를 씹어 삼키듯 숨을 크게 들이쉬었다.

"할머니 사진 앞에 꽃 좀 두고 올게요."

후카는 부엌에서 나갔다.

본가로 가서 객실에 있는 불단[4] 앞에 섰다. 불단은 닫혀 있었다. 꽃은커녕, 음식 하나 놓여 있지 않았다.

꽃을 올려놓고 향을 피우고 나서 바닥에 앉았다. 사진 속의 할머니가 따뜻하게 웃어준다. 후카는 손을 뻗어 할머니의 영정사진과 위패를 자기 가방에 넣고 일어났다.

민박집으로 돌아가지 않고 현관을 나와 역으로 가는 버스를 탔다. 민

---

4 일본에서는 집집마다 작은 불단을 마련한다. 그 안에 영정사진을 모셔두고 매일 향을 피우며 고인이 평소 좋아하던 음식들을 올려놓는다.

박을 도울 생각 따위는 없었다. 다시는 이곳에 오지 않을 것이다. 후카는 가방을 끌어안고 어머니가 집을 나갈 때 어떤 마음이었을까를 막연히 상상했다.

후카 기억 속의 어머니는 좀처럼 혼 내지 않는 자상한 사람이었다. 머리가 길고 항상 몸에서 좋은 냄새가 났다. 도쿄에서 같이 연극을 본 적도 있었다. 그때 받은 팸플릿을 후카는 아직도 보관하고 있다. 그 소극장이 시모키타자와에 있다는 사실도 잊지 않았다.

후카는 어머니가 자신을 찾아내주길 기대하고 있었다.

할머니가 돌아가신 후 도쿄로 가서 시모키타자와에서 활동하는 극단에 들어간 것도 어머니가 연극을 좋아할지도 모른다는 추측 때문이었다. 혹시 후카의 이름을 보고 연극을 보러 오거나, 후카를 찾아와 줄지도 모른다는 기대감 말이다. 어머니 고향인 세타가야구에 계속 살다 보면 언젠가 우연히 어머니와 마주칠지도 모를 일이다.

멍하니 창밖을 보고 있으니 지난번 연극할 때 엉망이던 자신의 실수만 떠올랐다. 얼마 되지도 않은 대사를 깜박 잊어버려 바로 대답을 못 하는 바람에 연출가와 하야토에게 잔소리를 들었다.

'역시 나에게 배우는 어울리지 않아.'

그런 사실을 모르는 건 아니지만 연극을 하지 않는다면 도쿄에 있어야 할 이유가 없다. 그렇다고 할머니도 돌아가시고 별채도 사라진 고향집으로 다시는 돌아가고 싶지 않다. 후카는 티라미수 하우스로 빨리 돌아가고만 싶었다.

티라미수 하우스 현관 앞에서 이쓰키가 나오기만 기다렸다. 화장도 안

하고 옷에도 신경을 안 쓰는 후카와는 달리, 이쓰키는 늘 외출 준비에 시간이 걸린다.

5월의 하늘은 청명하고 이웃집 담 저편에는 신록과 함께 진달래꽃이 화사했다. 그러나 후카는 봄을 즐길 여유도 없이 피처폰으로 시계를 확인하며 현관문을 열고 자꾸 안을 들여다봤다.

"이쓰키, 빨리!"

소리치자 "잠깐만" 하는 대답이 들려온다. 그러나 이쓰키는 나올 기미가 보이지 않는다.

이렇게 일일이 챙겨야 하다니 여간 성가시지 않다. 이쓰키만이 아니다. 티라미수 하우스에 사는 모든 주민들은 자신이 신경을 쓰기 때문에 그나마 쾌적하게 지낼 수 있고, 주민들 사이의 트러블도 피할 수 있는 것이다. 왕 웨이가 친구를 데려와 셋이 함께 사는 것도 너그러운 마음으로 이해해주고, 쉬쉬하며 스위츠 에스테이트에는 연락하지 않았다. 쓰레기 당번을 정하는 것도 후카다. 주민이 툭하면 바뀌는 생활 속에서 이것저것 신경을 쓰고 리드하는 사람이 있기 때문에 집안 질서가 유지된다고 생각하니, 자신이 몹시 필요한 인간처럼 느껴졌다.

미닫이문을 여는 소리가 들렸다. 이쓰키인가 싶어서 안심했는데 눈앞에 나타난 사람은 이쓰키가 아니라 사쿠라였다.

늘 보던 추리닝 차림이 아니라 말끔한 정장을 입고 있다. 머리도 하나로 묶었다. 사쿠라는 실직 중이었는데 어디에 면접이라도 보러 가려는 걸까?

"사쿠라, 어디 가나 봐."

말을 걸었지만 대답이 없다. 후카와 눈조차 맞추지 않는다.

“나랑 이쓰키는 쓰키지 투어 가는데. 사쿠라 너도 다음 행사 때는 같이 가자. 다음번엔 디저트 투어래.”

사쿠라는 “흥” 하고 코웃음을 치더니 “너도 참” 하고 깔보는 듯한 말투로 이렇게 내뱉었다.

“이런 허름한 셰어하우스에 살면서 쓰키지에서 초밥 먹고 파티하고 그러는 거, 정신승리 같고 속없어 보여.”

“뭐?”

“매일 식비도 제대로 못 내는 주제에, 너도 허세가 좀 세다.”

사쿠라는 자기 할 말만 하고 자리를 떴다.

순식간에 벌어진 일에 후카는 상황 파악을 못하고 사쿠라의 등만 넋을 놓고 바라봤다. 그런데 사쿠라의 모습이 멀어질수록 분이 치솟았다. 다시는 먼저 말을 걸지 않을 것이다. 주변을 돌며 화단에 핀 진달래꽃을 뜯었다. 몹시 기분이 나빴다. “허세가 좀 세다”는 말이 머리에서 떠나질 않는다.

‘그럼, 허세도 부리지 않고 어떻게 살아갈 수 있느냔 말이다!’

마음속으로 혼잣말을 했다. 스위츠 에스테이트의 행사는 힘겨운 일상을 잠시나마 잊게 해주는 귀한 경험이다.

그러다 화단 저편에서 옆집 그늘에 숨어 후카를 훔쳐보던 남자와 눈이 마주쳤다. 흰 셔츠에 회색 바지를 입은, 키도 체격도 평범한 중년 남성이었다. 눈초리가 매섭고 피부는 좀 검은 편이다. 뾰족한 턱이 인상적이다. 남자는 황급히 시선을 떼고 발길을 돌렸다.

요시미가 봤다는 수상한 남자가 저 사람일까? 왜 티라미수 하우스 주변을 어슬렁거리는 걸까? 혹시 탐정이 아닐까? 아니, 어머니가 자신을 찾기 위해 보낸 사람이 아닐까? 그렇다면 몹시 기쁠 것이다. 하지만 그런 일이 정말로 일어날까? 엄마는 지금까지 한 번도 연락해오지 않았다. 아니, 어쩌면 극단 전단지를 보고 후카의 이름을 발견한 건지도 모른다. 막연한 기대감을 품고 어머니 얼굴을 떠올리고 있을 때 이쓰키가 나타났다.

"미안해, 기다리게 해서."

"어, 아니야. 괜찮아."

약속 시간에 늦을 것 같아 서둘러 역으로 향했다. 이쓰키는 스위츠 에스테이트의 이소노 사장과의 만남이 기대되나 보다. "어떤 사람일까?" 하고 중얼거린다.

"홈페이지를 보니까 능력 있는 여자 같던데."

이쓰키는 이어서 "홈페이지는 사실 별로 믿을 게 못 되지만" 하고 쓴웃음을 짓는다.

"실제로도 멋있어."

후카는 크리스마스 파티에서 처음 이소노 사장을 만났다. 이소노 사장은 후카에게 "연극, 열심히 해" 하고 격려해주었다. 아직 삼십 대 중반이라는데, 자기 회사를 세우고 승승장구하고 있었다. 자신만만하고 머리도 좋아 보였다. 홈페이지에서도 "여성이 꿈을 실현하고, 사회에서 활약하도록 최선을 다하겠다"고 표명하고 있다. 후카는 그 의지에 감동받았다.

전철을 갈아타고 오에도선 쓰키지 시장역에서 내렸다. 지상 출구에서는 이소노 사장과 사에키가 대기 중이었다.

바지 정장을 입은 사장은 시원시원하고 당당하게 보인다. 능력 있는 여성이 연상되는 분위기다.

그에 비해 사장 옆에서 우물쭈물하고 있는 곰 같은 사에키의 언동은 보면 볼수록 짜증이 난다. 그녀를 만난 게 이번이 두 번째인데 미련해보이는 데다 인상도 좋지 않았다.

학창 시절 친구들 사이에서 잔뜩 주눅이 들어 쭈뼛대던 자신이 떠오른다. 극단에서도 요령이 나쁘고 다른 단원들한테 푸대접받는 자신과 닮았다. 게다가 사에키의 미련함은 후카보다 더하면 더했지 덜하지 않았고, 후카와 달리 체격이 좋은 사에키는 존재감이 있어서 더 비위에 거슬렸다.

사장은 물건이라도 고르는 듯 이쓰키를 위아래로 훑어봤다.

"뉴욕에서 왔다는 후루하타 이쓰키 씨죠? 사장인 이소노예요."

사장은 이쓰키에게 명함을 건넨다. 지금까지 여러 번 만났음에도 명함을 못 받은 후카는 이쓰키가 조금 부러워진다.

"저, 저는 명함 같은 거 없는데."

이쓰키가 황송해하자 사장은 "괜찮아, 괜찮아" 하며 미소 짓는다.

"셰어하는 애들은 이미 다 파악하고 있어."

셰어하는 애들이란 말에 어딘가 위화감이 느껴진다. 애들이라니, 위에서 내려다보듯 얘기하는 것 같다.

"어, 사에키, 먼저 가서 줄 좀 서 있어."

사장이 명령조로 말하자 사에키는 알겠다고 대답하고 곧장 쓰키지 시장으로 뛰어갔다.

그때 에이후쿠초[5]에 있는 마카롱 하우스 주민들이 나타났다. 서른쯤 되어 보이는 얌전하게 생긴 여자와 그 여자보다 조금 나이가 어려보이는 여자가 같이 왔다. 여하튼 거기서 간단하게 자기소개를 했다.

---

5 도쿄의 서쪽 부근, 스기나미구의 남부에 위치하는 상업시설과 주택가가 어우러진 곳으로, 메이지대학과도 가까워서 인기가 있는 지역이다.

10분쯤 지나 기치조지[6]에 있는 젤라또 하우스에 사는 여자가 뛰어와 지각해서 미안하다고 사과했다. 그 여자는 후카와 비슷한 나이로 발랄하고 명랑한 인상이다. 애니메이터로 일한다고 한다.

"다 왔으니 이제 출발할까?"

사장은 총 여섯 명의 선두에 서서 걷기 시작한다.

"홈페이지는 믿을 게 못 되는 줄 알았는데 사장이 정말 멋있네."

이쓰키가 후카에게 귓속말을 한다.

"거봐, 내가 그랬잖아."

후카도 으쓱해 한다.

오전 10시라는 이른 시간부터 초밥을 먹자는 이 행사는 참가비가 비싸서인지 다른 행사에 비해 참가자가 적었다.

후카가 쓰키지 시장 조나이[7]에 발을 디딘 것은 이번이 처음이다. 많은 사람들이 오가고 활기가 넘치는데 시장에서 일하는 사람 대부분은 남자였다. 외국인 관광객도 많았다.

두리번거리던 후카는 생선을 운반하는 카트에 부딪힐 뻔했고, 곧바로 고함이 들려왔다. 식은땀이 흘렀다.

간신히 목적지인 초밥집에 도착해 안으로 들어갔다. 사장이 고른 가게는 정원이 10명쯤 되는 좁은 가게였다. 가게에는 시장에서 막 일을 끝낸

---

6 과거 일본 국철이던 현 JR선이 서는 전철역으로 주변에는 세이케이대학, 도쿄여자대학, 무사시노대학, 국제기독교대학 등이 있어서 학생들과 젊은이들이 특히 선호하는 지역이다. 역 주변에는 대형 쇼핑몰, 영화관 등이 있다. 1930년대부터 연극 극단들이 자리를 틀면서 '연극의 거리'라고 불리기도 했고, 이후 재즈 카페, 라이브 하우스, 포크 음악의 집결지가 되었고 현재는 다양한 애니메이션 제작 회사들이 둥지를 틀고 있다.

7 쓰키지 시장은 조나이와 조가이로 나뉜다. 조나이는 도매상인이 경매를 하는 장소이고, 조가이는 소매상점으로 구성된다.

것으로 보이는 남자 둘이 앉아 있었다. 사에키가 먼저 가서 줄을 서준 덕분에 기다릴 필요 없이 바로 들어갈 수 있었다.

바 카운터에 여자 일곱 명이 나란히 앉자 먼저 와 있던 남자 두 명이 노골적으로 이쪽을 쳐다본다. 이런 시선은 달갑지 않지만, 두 남자는 후카에겐 시선도 주지 않는다. 두 남자는 주로 단정한 미모의 사장과 귀여운 얼굴을 한 이쓰키를 힐끗거렸다.

후카와 나이가 비슷해 보이는 조리사와 나이가 쉰쯤 되어 보이는 주방장이 눈앞에서 초밥을 만들어준다.

"무슨 모임입니까?"

조리사가 이쓰키에게 물었다. 이쓰키는 "그게" 하고는 말문이 막혀 사장을 본다.

"무슨 모임으로 보여요?"

사장이 묻자 조리사는 "글쎄요" 하며 모두의 얼굴을 빙 둘러본다.

"젊은 분들이니까 유치원 엄마들 모임인가요? 요즘 그런 모임이 많아요. 아닌가? 뭘 배우시는 분들인가?"

"그게,"

사장은 뜸을 들이며 거기서 말을 끊었다.

"실은 내가 오너인 회사가 운영하는 셰어하우스에 사는 애들이에요."

사장은 자랑하듯 대답했는데 조리사는 "흐음, 그렇군요" 하며 반응이 미적지근하다.

"셰어하우스라니 멋있네요. 요즘 그게 유행이라죠?"

주방장이 사장 기분을 고려해 대화를 이어간다.

"우리는 그런 유행을 따르는 곳이 아니에요. 여성들을 위한 셰어하우스를 운영하고 있어요."

"오호라, 훌륭하십니다."

주방장의 속 보이는 립서비스에도 불구하고 사장은 만족스럽게 고개를 끄덕였다.

대화가 끊기고 순서대로 초밥이 나왔다. '넌센스 씨어터'의 공연 티켓과 같은 가격인 3,000엔짜리 코스는 성게, 연어 알, 광어, 참치 뱃살 등의 초밥이 한 접시에 얹혀 나왔다.

"맛있겠다!"

"우와! 엄청난데."

"감동이야!"

환성이 터져 나왔다. 사장은 스마트폰으로 초밥 사진을 찍는다. 그것을 보고 다른 사람들도 제각기 사진을 찍어댔다.

"잘 먹겠습니다."

너 나 할 것 없이 초밥을 먹기 시작했다.

후카는 먼저 참치 뱃살을 입안에 넣었다. 이런 호화로운 초밥은 처음이다. 부드럽게 살살 녹는 농밀한 맛의 참치 뱃살에 감동해서 말도 나오지 않았다. 잠시 모두 무언의 상태로 초밥만 먹어댔다.

"맛있다. 쓰키지에서 초밥을 먹다니 엄청난 경험이야!"

이쓰키가 동의를 구하듯 후카를 보고 끄덕인다. 대답하려고 했을 때 사장이 "이쓰키는" 하고 끼어든다.

"뉴욕에서도 초밥 자주 먹었니?"

"일식집은 인기가 있어서 가게가 많긴 했지만 비싸서 딱 한 번 먹어봤어요. 근데 맛은 별로였어요. 이런 맛은 아니었어요."

"그럼요. 여기는 조나이가 아닙니까? 손님, 뉴욕에서 살다 오셨어요?"

조리사가 대화에 끼어든다.

"네, 딱 3개월 살았어요."

"저도 언젠가 해외에 나가 초밥집을 해보고 싶어요. 뉴욕, 부럽습니다."

조리사는 아까부터 이쓰키를 뜨거운 시선으로 보고 있다.

그러는 사이에 모두들 이쓰키에게 뉴욕에서의 일을 물어보기 시작했고, 다 먹은 다음에도 화기애애한 분위기에서 대화가 이어졌다. 이쓰키는 모든 질문에 정중하게 대답했다. 마치 이 모임의 중심인물 같았다. 그러나 후카는 대화에 끼지 못하고 가만히만 있었다. 사장도 주목받지 못했는데 녹차를 마실 때가 되어서야 겨우 "나는 말이지" 하고 대화 속으로 끼어들어 왔다.

"해외는 여기저기 가봤지. 뉴욕도 물론 가봤고. 어, 파리의 초밥집도 뭐 그저 그랬어."

주방장이 "그렇습니까?" 하고 분위기상 맞장구를 쳤지만, 어느 누구도 사장에게 따로 질문하지 않았고, 사장의 이야기는 거기서 끊기고 말았다.

"다른 손님들 기다리니까 이제 일어나야지."

사장이 조금 가시 돋친 어투로 재촉했다.

짐작건대 사장은 이쓰키가 주목받는 것이 마음에 들지 않는 모양이다. 극단에도 비슷한 타입의 단원이 있다. 하야토가 좋은 예다. 그는 언제나 자신이 중심이 아니면 성에 차지 않는 종류의 인간이다.

오늘로 후카는 사장을 지금까지와는 다른 눈으로 보게 될 것이다. 마음에 들지 않는 구석이 생긴 것이다. 사장은 서둘러 요금을 지불했다. 이어서 사에키가 돈을 냈다. 후카도 일어났다. 후카가 계산을 하는 사이, 조리사는 이쓰키한테만 꼭 다시 오라고 눈을 찡긋했다.

자신이 존재감 없는 인간이라는 사실을 다시금 깨달은 순간이다. 푹 가라앉은 기분으로 초밥집을 나와 사장과 사에키와 함께 다른 사람들이 나올 때까지 기다렸다.

따분해서 주변을 관찰하니 바로 옆 가게에서 화과자를 팔고 있었는데 인기가 있는지 가게 앞에 놓아둔 상품들이 잇달아 동이 났다. 그러자 갑자기 사장이 지갑에서 5천 엔을 꺼내 사에키에게 쥐어준다.

"사에키, 생딸기 찹쌀떡 세 팩만 사올래? 티라미수, 마카롱, 그리고 젤라또 하우스. 앗, 사무실도 있구나. 그럼 네 팩 사와."

사에키는 시키는 대로 찹쌀떡을 사서 잔돈과 화과자 네 팩을 사장에게 건넨다.

"이거, 선물이야. 셰어하우스 가서 나눠 먹어."

사장은 가게에서 나온 이쓰키에게 찹쌀떡을 건넸다.

"우와, 신난다. 고맙습니다."

이쓰키가 하이 톤으로 말하며 건네받자 사장은 콧바람을 불며 미소 지었다.

"참, 그리고 티라미수 하우스에 중국인 있지? 쓰키지나 긴자에도 중국인 관광객이 많지만, 개네들 참 매너 없지 않아? 뭐 트러블 같은 거 없어?"

사장의 말에 가슴이 철렁했다.

"아, 그 셋은……."

이쓰키가 입을 열자마자 놀란 후카가 "아, 아무 일도 없어요" 하고 잘라 말했다. 그리고 곧 이쓰키와 눈을 맞추고 고개를 살짝 끄덕였다. 이쓰키도 실수를 알아챘는지 깜짝 놀란 얼굴로 고개를 끄덕인다.

"그래? 그럼 됐어. 다음 주부터 우리 사에키가 거기서 살 거니까, 트러블은 걱정 안 해도 돼. 요즘 수상한 사람도 있다며? 아마 지금보다는 안심하고 살 수 있을 거야."

"네? 사에키 씨가요?"

후카가 되묻자 "잘 부탁합니다" 하고 사에키가 머리를 조아렸다.

"이쓰키 씨 위 침대를 쓸 거예요."

"어머, 그래요?"

이쓰키가 놀란 얼굴이 된다. 눈이 두 배 가까이 커졌는데 사에키를 반기는 것 같지는 않다.

"네, 지금까지 티라미수 하우스의 청소도 그렇고, 관리를 잘 못 해드려서 앞으로 제가 같이 살게 되었어요. 그게, 그 환경이, 그, 더 좋아지도록 최선을 다하겠습니다."

사에키와 함께 살면 성가실 게 분명하다. 아까 본 수상한 남자 얘기를 할까 했는데 사에키가 같이 살게 된다는 걸 알고 나니, 일부러 얘기할 마음이 들지 않았다. 그리고 스위츠 에스테이트 직원인 사에키가 함께 살게 되면 티라미수 하우스를 사에키가 주도하게 될 것이다. 그러면 자신은 여기서도 쓸모없는 인간이 될 게 뻔하다.

"정신승리 같고 속없어 보여."

사쿠라 말이 맞는지도 모른다.

긴자까지 걸어가서 차 한잔하자고 하는데 후카는 일이 있다며 거기서 헤어졌다. 사실 용건 따위는 없었지만 더 이상 다른 사람들과 함께 하고 싶지 않았다. 긴자에서 우아하게 차를 마실 기분도 아니었고, 그런 데 쓰는 돈도 아까웠다. 사장 얼굴도 더는 보고 싶지 않았다.

사장은 셰어하우스 주민들을 응원하고자 하는 것이 아니라 우월감을 느끼고 싶은 것뿐이다.

왕 웨이 얘기도 그렇다. 같은 셰어하우스 주민인데 중국인이란 이유로 깔보고 있다. 세 명이 한 방에 사는 것은 규칙 위반이라지만 지금까지 아무 문제도 없었다.

후카는 돌아가는 전철 안에서 왕 웨이가 쫓겨나지 않게 자신이 할 수 있는 일을 해야겠다고 다짐했다.

사쿠라

시모야마 사쿠라는 면접을 보러 들어간 순간, 잘못 왔음을 직감했다.

40대로 보이는 피부가 하얗고 뚱뚱한 남자 면접관은 사쿠라를 슬쩍 보고는 시선을 피했다.

또 한 사람, 30대 후반쯤 되었을까. 비쩍 말라 신경질적으로 보이는 여자 면접관은 사쿠라를 위에서 아래까지 쭉 훑어보더니 들릴 듯 말듯 한숨을 쉰 것처럼 보였다. 물론 그것은 실망했다는 태도다.

수많은 회사로부터 불합격 통지를 받은 자만이 터득한 노하우다. 분위기만 봐도 척이다. 면접을 본 회사를 전부 나열하자면 족히 50개 사가 넘는다.

"자기소개부터 해보세요."

다른 회사들과 똑같은 패턴으로 면접이 시작되었다.

긴장으로 몸이 굳어 생각처럼 목소리가 나오지 않았다. 간신히 목소리를 쥐어짰다.

"시모야마 사쿠라, 나이는 서른입니다. 이전 직장에서는……."

"저기요, 좀 더 제대로 화끈하게 말해보세요. 안 들려요."

남자 면접관이 짜증스러운 표정으로 끼어든다.

"아, 네."

호흡이 곤란해지고 식은땀이 난다. 호흡을 다지려고 숨을 크게 들이쉰 후 "이전 직장은 물류 관련 회사로 사무를 봤습니다" 하고 애써 큰 소리로 말했다.

"직무경력서가 있으니 전 직장 얘기는 됐어요."

이번에는 여성 면접관이 말을 자른다. 그녀는 최근에 이성 관계 스캔들로 비난을 받고 있는 배우와 어딘가 닮았다.

"알겠습니다."

그렇게 대답했지만 직무 얘기 말고 무슨 얘기를 해야 할지 몰라 머뭇거렸다. 좀처럼 다음 화제가 떠오르지 않았다.

불온한 공기가 흐르고 있다. 기다리다 지친 여자 면접관이 그러면, 하고 침묵을 깬다.

"휴일은 어떻게 보내나요? 취미는 없어요?"

사쿠라는 이렇다 할 취미도 없이, 하루 종일 누워 지낸다. 심심할 때는 인터넷에 꼭 달라붙어 있다. 그렇지만 이런 질문은 면접에서 흔히 듣기 때문에 미리 준비해둔 게 있다.

"책을 읽습니다."

"어떤 장르죠?"

"미스터리를 좋아합니다."

실은 요 몇 년간은 소설 따윈 읽지도 않았다. 하지만 좋아하는 작가와 작품에 대해선 미리 준비해둔 대답이 있다. 그러나 면접관은 그 이상 물어보지 않았다.

"운동은 좀 하나요?"

남자 면접관이 화제를 바꾼다. 그가 말하려는 바는 충분히 알 수 있었다.

사쿠라는 체격이 좋아 운동을 했느냐는 질문을 자주 받는다. 그러나 안타깝게도 운동신경이 나빠 운동 근처에도 가지 않았다. 그리고 단체 행동 자체를 좋아하지 않았다. 학창 시절에는 동아리에도 들어가지 않았다. 게다가 아르바이트를 해야 해서 그럴 만한 여유도 없었다.

튼튼하고 건강해 보인다, 씩씩해 보인다는 얘기를 자주 듣는데 비교적 몸은 약한 편이다.

"아니요, 전혀."

남자 면접관은 그러냐며 담담하게 대답했다.

다음으로 여자 면접관이 응모 서류를 훑어보며 "부모님은 어디에 사세요?" 하고 묻는다.

"가나가와입니다."

"가나가와 어디요?"

"히라쓰카인데요."

이런 질문이 정말 필요한 건지 늘 의심스럽다. 서른이 다 된 여성의 부모가 어디 사는지가 도대체 채용과 무슨 관계가 있을까?

그러나 이런 종류의 질문은 오히려 채용과 관계가 없기 때문에 시간 때우기로 용이한 질문이라는 사실 또한 수많은 면접을 통해 알게 되었다.

대체로 취미나 부모 이야기를 물어볼 때는 이미 불합격이라는 증거다.

이런 면접이라면 아예 서류심사에서 떨어지는 편이 훨씬 낫다. 중요한 일 얘기는 하나도 없고 하고 싶지도 않은 가족 얘기를 하는 것은 무척 피곤한 일이다.

"뭔가 더 할 말이 있습니까?"

이게 분명히 마지막 질문일 것이다.

사쿠라는 숨을 한번 쉬고 "저는" 하고 시작했다.

"실무에선 좀 떨어져 지냈지만, 귀사에 채용된다면 최선을 다해 열심히 일하겠습니다. 제 장점은 모든 일에 성실하게 임한다는 점입니다."

"아, 네, 알겠습니다."

남자 면접관은 몹시 사무적인 태도로 면접이 끝났다고 알렸다.

황금연휴가 끝난 직후인 요즘은 매일 화창한 날씨가 계속되고 있었다. 오늘도 기분 좋은 바람이 뺨을 스친다.

기치조지 길거리를 걷고 있으니 학생과 주부로 보이는 사람들이 즐겁게 이야기하는 모습이 눈에 띈다. 그들에게는 가족이 있고 친구도 많고 그리고 돈 때문에 걱정하는 일도 없을 것이다.

뒤에서 덮쳐서 가방 안에 있을 지갑을 훔치고 싶다, 어깨를 쾅 부딪쳐 그들을 두려워하게 만들고 싶다, 그런 충동을 느낀다.

햇빛은 강했지만 아직 덥지는 않았다. 그런데 사쿠라는 겨드랑이 밑이 땀으로 흠뻑 젖어 있었다. 면접의 긴장에서 해방되었지만 흘러나오는 땀을 멈출 수는 없었다. 정장 윗도리에도 땀이 스며들어 주변의 시선이 신경 쓰였다. 이 상태로는 이노카시라선을 타는 것도 눈치가 보일 것 같아 면접을 본 회사와 전철역을 끼고 반대편에 있는 이노카시라 공원을 산책하기로 했다.

그러나 공원에서 느긋하게 놀고 있는 사람들을 보니, 이 세상을 저주하고 싶어진다.

보트를 탄 커플을 연못으로 밀어버리고 싶다. 산책하는 사람들의 손에 쥔 개 끈을 풀어버려 그들이 그토록 애지중지하는 개가 행방불명되기를 기도했다.

사쿠라는 초여름의 신선한 공기를 맛볼 여유도 없이 분노와 원망을 끌어안고 공원을 걸었다.

나쁜 짓을 저지른 적도 없는데 왜 이런 상황에 빠진 걸까. 말도 안 되는 일 아닌가.

사람들을 따라 거리를 걷다가 동물원 입구까지 왔다. 땀이 좀 식고 나니 기분도 좋아졌다. 잠시 그대로 바람을 맞고 싶었다. 티라미수 하우스로 돌아가봤자 딱히 할 일도 없었다. 동물원이라도 구경하며 시간을 때우고 싶었다.

이노카시라 공원 안의 동물원에 온 것은 처음이었다. 그런데 입장료가 400엔이나 된다기에 조금 주저했다. 오늘 저녁은 도시락을 사 먹지 말고 절약하자고 다짐하며 침을 꿀꺽 삼키고 입장료를 냈다.

평일 대낮이어서인지 동물원에는 사람들이 거의 없었다. 새장 앞에는 아무도 없었다. 원숭이 산 주변에도 구경꾼은 없어서 사쿠라가 원숭이 대장 앞에 서자 원숭이들이 오히려 사쿠라를 구경하러 온 것 같았다. 왜 그런지 면접관에 이어 원숭이들한테도 평가를 받는 것 같아 사쿠라는 원숭이 우리를 뒤로 했다.

그래, 코끼리를 보러 가자.

사쿠라에게 코끼리는 특별한 존재였다. 초등학교 1학년 때의 일이다. 국어 수업에서 《불쌍한 코끼리》[1]를 처음 읽었다. 교과서에는 코끼리 일러스트도 실려 있었다.

그 수업 후, 쉬는 시간에 한 남자아이가 사쿠라에게 다가왔다.

"너, 코끼리 같아."

그러자 주변에 있던 여자아이들도 정말이네, 하며 동의했고, 아이들은 사쿠라를 빙 둘러쌌다.

"진짜다. 똑같아."

"완전 코끼리네."

"끼익하고 한번 울어봐."

아이들이 저마다 한마디씩 하는 동안 사쿠라는 바닥만 쳐다보고 있었다. 사쿠라는 다른 아이들보다 키가 훌쩍 컸고, 아토피로 피부가 검게 변해 있었다. 그 후로 '코끼리 사쿠라'란 별명이 붙었고, 당분간 놀림을 받아야 했다. 담임 교사가 눈치를 채고 아이들에게 심하게 주의를 주었는데 그래도 몰래 그렇게 부르는 아이들이 있었다. 사쿠라는 초등학교에 다니는 내내 '코끼리 사쿠라'라고 불렸다.

그래서 코끼리를 혐오했다. 또 한편으론 신경 쓰이는 존재였다.

코끼리 우리 쪽으로 갔더니 동물원에서 가장 인기가 있는 덕분인지

---

1 아동문학가 쓰키야 유키오가 쓴 동화다. 제2차 세계대전 당시, 도쿄 우에노 동물원에서는 공습으로 맹수 우리가 파괴되었을 때를 대비해 동물들을 살처분했다. 사자, 곰, 코끼리 등이 살처분 대상이었는데, 살처분으로 죽지 않고 아사 직전까지 간 코끼리들은 그런 상황에서도 먹이를 얻기 위해 재주를 부렸다고 한다. 현재 우에노 동물원 코끼리 우리 옆에는 동물 위령비가 세워져 있다.

구경꾼이 몇 있었다. 혼자 지긋이 코끼리를 바라보는 모자 쓴 노신사와 유모차를 미는 엄마가 둘이었다. 엄마들은 코끼리를 안 보고 대화에 푹 빠져 있었는데 유모차 안에서는 두 아이가 곤히 잠들어 있었다. 저들은 남편도 있을 것이고 안정된 생활을 하고 있을 거라고 생각하니 몹시 부러웠다.

유모차를 미는 엄마들로부터 떨어져 노신사 옆에 섰다.

우리 안에는 말라 비틀어진 초라한 코끼리가 한 마리 서 있었다. 잔뜩 주름진 피부는 여기저기 변색된 채 축 늘어져 있다.

"하나코는 예순여덟. 나와 동갑이지."

누군가 대화 상대라도 있는지 둘러봤는데 노신사는 사쿠라에게 말을 거는 것 같았다. 그런데 시선은 코끼리를 향하고 있다. 사쿠라는 대답하지 않았다.

"하나코는 우에노 동물원에서 여기로 왔지.《불쌍한 코끼리》라는 책에도 나오는, 전쟁 때 죽은 코끼리 이름을 물려받아 하나코가 되었다네."

《불쌍한 코끼리》는 말할 것도 없이 잘 아는 책이다. 다시는 떠올리고 싶지 않은 기억이기도 하다.

노신사는 사쿠라가 내내 무시하는데도 계속 말을 걸어왔다. 짐작건대 그냥 혼잣말인지도 모른다.

하나코는 이쪽으로 엉덩이를 들이대고 오로지 앞뒤로 움직이기를 반복했다. 예순여덟이라는 나이를 알고 나니 볼품없는 모습도 이해가 갔다. 어쩌면 노망이 와서 이런 기묘한 동작만 반복하고 있는 건지도 모른다.

"나는 하나코가 걱정돼서 이렇게 매일 보러 온다네."

노신사를 곁눈질하자 애틋한 눈으로 코끼리를 바라보고 있다.

어딘가 품위가 있고 옷도 깔끔하며 부유해 보인다. 연금이라도 받아서 유유자적하며 살고 있는 게 분명하다.

어휴, 잘난 척 정말 꼴사납네. 그 연금은 우리 젊은 세대가 먹을 것 못 먹고 입을 것 못 입으며 낸 세금의 일부라고. 코끼리를 걱정할 여유가 있으면 동물원 입장료도 못 내고 주저하는 실직 중에 있는 자신을 좀 걱정해주었으면 싶다. 동물원에서 먹을 것 걱정 없이 많은 사람들의 사랑을 받으며 살고 있는 하나코마저 얄밉게 느껴졌다.

사쿠라는 노신사에게 들릴 듯 말 듯한 목소리로 "에휴, 시끄러워" 하고 내뱉은 후, 코끼리 우리를 등졌다.

더 이상 우아하게 사는 동물들을 보고 있을 기분이 아니어서 동물원을 나섰다.

티라미수 하우스로 돌아왔는데 아무도 없었다. 침대 커튼을 열어젖혔다. 대충 벗어놓은 추리닝, 던져놓은 빈 빵 봉지, 빈 페트병 등이 침대 위에 산만하게 흩어져 있다. 그것들을 치울 기력도 없어서, 한쪽으로 쓱 밀어두고 침대로 들어가 커튼을 닫았다. 음식 냄새와 자신의 체취가 밴 축축한 이불은 편안하지만은 않았다. 몸에서도 땀 냄새가 났지만 일어날 기운도 없었다.

이 셰어하우스에 온 지 석 달이 지났다.

사쿠라는 정장을 입은 채 침대에 누워서 티라미수 하우스에 살게 된 경위를 떠올린다.

사회인이 되어 처음 근무한 회사가 망하고 나서 파견사원으로 일해온 회사와 계약이 종료된 것은 3년 전이다. 그러나 채용해주는 것만으로도 고마워서 제대로 알아보지도 않고 서둘러 들어간 그 회사는 고용보험에 도 가입해주지 않아 실업수당조차 받지 못했다.

이후 원룸 아파트에서 혼자 살았다. 당연히 월세를 내야 했다. 대학 학비도 매달 갚아야 해서 여러 회사를 찾아가 면접을 봤지만 번번이 물을 먹었다.

그 사이에 저금해둔 돈도 동이 나서 생활비를 줄여 하루 한 끼, 그것도 컵라면이나 스파게티 정도로 겨우 연명했다.

어떻게든 살아남기 위해 아르바이트라도 하려고 바로 채용해주는 패스트푸드점을 골랐지만, 아토피가 재발한 데다 이명 증상도 심해졌다. 그때부터 밤에 쉽게 잠들지 못했다. 푹 자지 못할 뿐만 아니라 눈을 떠보면 땀으로 이불이 푹 젖어 있었다.

근무 중 갑작스러운 어지럼증 때문에 고통스러웠고 2주도 채우지 못하고 아르바이트를 그만두게 되었다.

몸이 걱정되어 내과를 찾아갔더니 심료내과로 가라고 했다. 생활이 어렵다고 의사에게 전하자 상병수당금을 신청하라고 했고, 그 돈을 받아 하루하루를 간신히 버텼다.

통원하면서 일을 찾아다녔지만 원서를 보낸 모든 회사로부터 줄줄이 불합격 통지가 날아왔다. 증상은 점점 악화되고 약도 늘었다. 아토피로 인한 가려움이 심해지면서 수면장애도 심각해졌다.

의사의 조언에 따라 취직활동을 잠시 쉬기로 했는데, 상병수당금 지급기간인 1년 반이 지나자 생활고가 극에 달했다. 돈도 없고 건강도 좋지 않았다.

남은 수단은 얼마 없었다.

사채업자를 찾아가 돈을 빌려야 할까?

두렵기만 했다. 대학에서 빌린 학자금도 엄청난데 더 이상 빚을 질 수도 없는 노릇이고 불어날 이자를 생각하면 마음이 더 무거웠다. 험악한 사람들이 사채를 갚으라고 집까지 찾아오는 장면을 상상하면 등골이 오싹해졌다.

그럼, 성性 서비스 업종에서라도 일해야 할까?

아니, 아무리 생각해봐도 그건 무리수다.

성 서비스 업종 홈페이지를 인터넷으로 검색해봤는데, 다소 수정을 했다 치더라도 아름답고 날씬한 여성들이 미소 짓고 있었다. 자신을 채용해주지 않을 것이 뻔했다. 성 서비스 업종이 아니라, 혹여 몸을 팔아도 더 싼 값을 요구당할 게 분명했다.

심료내과에 다니고는 있지만 여전히 타인과의 의사소통에 극단적인 불안감을 느끼며 애교도, 서비스 정신도 없다. 체격만 크고 외모도 별 볼 일 없는 자신이 그 세계에서 살아남을 리 없었다. 그리고 지금은 병으로 요양 중이기 때문에 아르바이트조차 어려운 실정이다.

결국 그것뿐이다.

기초생활수급 말이다.

사실, 생활보호만큼은 받고 싶지 않았다.

사쿠라의 가족도 기초생활수급자가 된 적이 있었다. 덕분에 학교와 동네 사람들의 따가운 시선을 견뎌야 했다. 중학교 시절, 엄청난 왕따를 당한 것은 기초생활수급자인 것이 원인이기도 했다.

생각만 해도 머리가 아파왔는데, 더 이상 모색할 수 있는 수단은 없어보였다. 이제 마지막 수단은 스스로 목숨을 끊는 것밖에 없겠다 싶었다.

사쿠라는 자신이 거주하는 세타가야구 생활지원과로 찾아갔다.

다리가 벌벌 떨렸다. 원래 구청 같은 곳은 반갑지 않은 장소다. 인터넷을 통해 모은 사전정보로는 구청 직원이 불친절하다, 멸시하는 태도를 보인다 등의 내용이 적혀 있던 터라 좀 두려웠다. 심호흡으로 빨라진 호흡을 가라앉히고, 생활지원과 창구 앞에 섰다. 곧 젊은 남자 직원이 사쿠라를 보고 달려왔다.

"아, 예, 기초생활수급자 신청을……."

가느다란 목소리가 된다. 직원 얼굴조차 똑바로 쳐다볼 수 없었다.

"아, 생활보호요."

그 말투가 어딘가 민폐라는 듯이 들려서 사쿠라는 쥐구멍이라도 찾고 싶었다. 심장박동이 점점 빨라졌다.

"그럼 담당을 불러올 테니 이쪽에서 기다리세요."

긴장한 것이 맥빠질 정도로 남자는 가볍게 대꾸하고는 사쿠라를 별실로 안내했다. 생각했던 것보다 평범한 대응이었다.

상담 담당자인 중년 여성은 딱히 불친절하지 않았다. 담담하게 사쿠라의 이야기를 듣고 신청에 관한 설명을 정중하게 해주었다. 그때 기초생활수급자가 되려면 부양 조회를 해야 한다는 사실을 처음 들었다. 부양 조회란 부모와 친척에게 연락해서 사쿠라의 생활을 지원해줄 수 있는지를 확인하는 과정이라고 한다.

"연락이 꼭 필요해요?"

사쿠라가 물었다. 온몸에서 땀이 솟아난다.

"무슨 문제라도 있나요?"

사쿠라의 아버지는 알코올 의존증, 어머니는 양극성 장애를 겪고 있어

정신상태가 불안정하다. 둘 다 정규직에 취업하기 어려운 상황이라 기초 생활수급자로 산 적이 있을 만큼 궁핍한 생활을 하고 있다. 사쿠라는 자신이 어디에 사는지를 포함해 부모와는 일절 연락을 끊고 살고 있다고 전했다. 부모로부터 정신적인 학대를 받았다는 사실도 덧붙였다.

"정신적 학대라니 구체적으로 무슨 일이죠? 부양이 어렵다는 의미입니까?"

상담 담당자인 여성은 담담한 표정으로 물었다.

"제가 고교 시절에 아르바이트해서 번 돈은 모두 부모님이 착취해갔습니다. 아이 것은 자신의 것이라고 생각하는 분들이에요. 옷도 어머니한테 빼앗긴 적이 있습니다. 또 저를 감시하고, 간섭하시고 지배하려고 하세요. 친구를 사귀면 사이를 갈라놓습니다. 그래서 저도 사람들과 가까이 지내지 못하게 되었어요. 아버지는 술을 마시면 괜한 행패를 부리세요. 그래서 부모님한테는 제가 어디 사는지 알리고 싶지 않아요. 친척들도 마찬가지입니다. 그 사람들이 저를 지원해준다니 말도 안 돼요. 부모님이 아시면 큰일 나요. 저는 또 착취당합니다. 지금 심료내과에 다니고 있는데 부모님에게 연락을 하면 제 증상이 더 악화될 수도 있대요."

한꺼번에 털어놓자 부모한테 받은 마음의 상처 때문에 온몸이 벌벌 떨렸다.

"괜찮습니까?"

안색이 바뀐 사쿠라의 얼굴을 걱정하듯 살핀다.

"괜찮습니다."

그렇게 말했지만 목이 쉬어서 쇳소리가 났다.

"그런 사정이라면 사회복지사에게 그렇게 전해두겠습니다."

그녀는 온화하게 미소 지었다. 실제로 신청을 허가하는 사람은 사회복지사라고 한다.

그렇지만 걱정되는 일이 하나 있었다. 생활보호를 받기에는 지금 사는 아파트 월세가 너무 비싸서 먼저 이사부터 해야 했다. 그것도 같은 구 안에 사는 것이 조건이다.

전체적인 설명을 듣고 신청에 필요한 서류를 이해한 사쿠라는 상담 담당자와 면담을 마쳤다. 그녀는 끝으로 별일 없으면 신청이 통과될 거라고 말해주었다. 신청이 통과되면 죽음을 선택하지 않아도 될 것이다.

사쿠라는 근처 편의점에 가서 축하도 할 겸 그동안 먹고 싶은 걸 참고 참아온 푸딩을 하나 샀다. 얼마 만에 먹는 걸까. 3년 이상 입에 대지 못한 것 같다. 플라스틱 숟가락으로 부드러운 푸딩을 뜨는 손이 덜덜 떨렸다. 한 조각도 흘리지 않으려고 극도로 조심해서 입안에 넣었다. 그 노랗고 고귀한 음식은 뇌천腦天까지 퍼지는 달콤한 맛이다. 얼마나 맛있는지 코끝이 찡했다.

아파트로 돌아와 곧바로 인터넷으로 새집을 검색했다. 월세 상한가를 입력하고 검색 버튼을 누르자 수많은 셰어하우스와 저렴한 아파트들이 나왔다. 그중에서도 가장 좋아 보이는 곳은 메이다이마에 쪽에 위치한 셰어하우스, 티라미수 하우스였다.

무엇보다 여성 전용이란 점이 안전하게 느껴졌다. 그 무렵, 남녀 공용 셰어하우스에 살던 한 여성(그녀에게는 아이가 있었다)의 생활보호가 취소되었다는 뉴스가 세상을 떠들썩하게 했다. 여성 전용이라면 남성과 사귄다는 오해도 생기지 않을 것이다.

당장에 스위츠 에스테이트에 연락하고 집을 보러 갔다. 홈페이지에서

봤던 이미지와는 달리, 오래되고 좁은 데다 너무 불편한 주거환경에 혀를 내둘렀지만 다른 선택지가 없어 감안하기로 했다.

계약금과 보증금이 없고 심지어 보증인도 필요 없으며 심사도 까다롭지 않은 티라미수 하우스는 조건이 나쁘지 않았다. 여하튼 생활보호를 받는 주제에 좁다거나 사람이 많아서 싫다 등등의 핑계를 댈 수는 없었다.

다음 달부터 티라미수 하우스의 다인실에서 살기로 정하고, 시모키타자와의 스위츠 에스테이트 사무실을 찾아갔다. 그곳은 원룸의 작은 오피스였는데 여성을 위한 셰어하우스를 운영하는 회사답게 파스텔풍의 인테리어로 꾸며져 있어서 부동산 회사라기보다 흡사 아이스크림 가게처럼 느껴졌다.

깔끔한 사무실에서 계약을 했는데, 중요한 일이 한 가지 남아 있었다. 집 도면과 보증금, 월세 등 이사에 필요한 비용이 적힌 정산서를 받아 구청에 생활보호 신청을 할 때 제출해야 했다. 그런데 집을 안내해준 담당자에게 그 얘기를 쉽게 꺼내지 못했다. 집 도면과 정산서가 없으면 생활보호도 신청할 수 없다. 생활보호 신청을 위해 이사까지 하게 된 거라고 사쿠라는 여러 번 되뇐 후에야 용기를 냈다.

간신히 "저기"라고 입을 열었다.

"집 평면도와 정산서를 좀 주셨으면 하는데."

"아, 그러세요."

20대 중반쯤 되는 여성은 말귀를 바로 알아듣고 "잠시 기다리세요" 하며 휴대폰으로 전화를 걸었다.

"저, 사장님이시죠? 저, '생보[2]'받으시는 분이 평면도와 정산서를…….

---

2 생활보호의 줄임말.

아, 네네."

'생보'라는 말을 들으니, 몹시 비참한 기분이 든다. 사무실에 다른 사람이 없어서 그나마 다행이었다.

"준비해둘 테니 내일 오후 1시에 여기로 찾으러 오세요."

"잘 부탁드립니다."

머리를 숙인 채, 스위츠 에스테이트를 빠른 걸음으로 나왔다.

아파트로 돌아온 즉시 부동산 회사에 계약 취소를 신청했다. 대학을 졸업하고 8년 내내 살아온 곳이다. 오래된 집이지만 볕이 잘 들고 마음에 드는 장소였다. 방을 빼야 한다고 생각하니 가슴이 먹먹해졌다.

다음 달부터는 볕이 거의 들지 않는 지저분한 셰어하우스에서 살게 된다. 그것도 사쿠라가 지낼 곳은 벽장을 개조한 침대다.

결국 처음으로 되돌아왔구나. 부모님과 살던 아파트도 비슷했다. 몹시 오래된 아파트로 방은 두 개뿐이었다.

집에서 탈출하고 싶어서 대학 진학을 계기로 히라쓰카에서 혼자 상경했다. 학자금을 빌려 대학에 다니던 시절, 학업과 아르바이트를 병행했지만 금전적으론 늘 어려웠고, 친구도 거의 만들지 못했다. 주변 친구들은 동아리라든가 남자친구라든가로 들떠 지냈지만 사쿠라는 예외였다. 그래도 그런대로 즐거웠다. 부모로부터 해방되었고, 무엇보다도 긍정적으로 살아왔다.

그러나 처음 입사한 회사가 파산한 후, 언덕을 굴러떨어지듯 상황은 악화되었다.

생활보호를 받는 것은 굴욕적인 일이다. 동급생들의 멸시하는 듯한 시선이 생각나 가슴이 아팠다.

인터넷에서도 기초생활수급자는 '세금 도둑'이라고 비난받고 있었다. 자신의 힘으로 살아갈 수 없다니, 세상 밖으로 나가 고개를 들 엄두가 나지 않는다.

그날은 온통 눈물로 베개를 적셨다. 좀처럼 잠이 들지 못했다.

다음 날 약속 시간에 스위츠 에스테이트를 찾아가자 홈페이지에서 본 것보다 까칠한 피부의 이소노 사장이 혼자 기다리고 있었다. 잘 다린 굵은 줄무늬 셔츠에 광택 있는 까만 바지를 입고, 비싸 보이는 벨트를 하고 있었다. 무척 풍족하게 보였다.

"시모야마 사쿠라 씨죠?"

값이라도 매기려는 듯한 시선으로 사쿠라를 뚫어져라 본다.

"저기, 생활보호를 받는다기에 좀 물어볼 게 있어요."

"아, 네."

왠지 '생활보호'라는 단어에 상대를 공격하는 듯한 온도를 감지하고, 부끄러움을 느꼈다.

"저기, 혹시 정신적인 질환은 아닌 거죠?"

"네?"

심장이 두근거린다.

"더 정확하게 물을게요. 우울증 아니죠?"

사장이 사쿠라의 얼굴을 똑바로 쳐다보고 묻는다.

"네, 아니에요."

사장의 눈을 똑바로 보고 말했지만 압도당해 제대로 대답하지 못했다. 거짓말을 하고 있는 것이 씁쓸했다. 그 사이, 마음이 불안해지고 시선이 흔들린다.

"전에 '생보'인 사람이 우리 셰어하우스에서 자살 미수 사건을 일으킨 적이 있어요. 그래서 그런 분은 좀 곤란하거든요."

"그런 일은 없을 겁니다. 괜찮아요."

겨드랑이가 땀으로 흥건했지만 어떻게든 평정을 유지하며 말했다.

"그럼 다행이고요. 미안해요. 이상한 거 물어봐서."

사장은 안도한 표정이 되었다.

"괜찮아요."

"나도 응원할 테니 하루 빨리 혼자 벌어서 먹고살 수 있도록 힘내요."

사장은 마치 연극배우가 대사를 읊듯 말했다. 집 도면과 정산서도 받았다.

'혼자 벌어서 먹고살 수 있도록'이란 말에도 생활보호를 받는다고 비난하는 듯한 뉘앙스가 느껴졌다.

하필이면 세련된 옷을 입고 회사를 경영하는 사장에게서 이런 식의 가벼운 격려 따위 달갑지 않았다. 돌아오는 전철 안에서 어떻게 사장을 죽일까만 상상했다. 그러자 기분이 조금 풀렸다.

일주일 후 예금통장, 집 도면와 정산서, 인감도장 등을 가지고 생활보호를 신청하러 갔다. 꽤나 긴장을 하고 갔는데 담담한 수속에 맥이 빠졌다.

그 후 사회복지사와 상담을 하고 가정방문이 이어졌다.

사쿠라를 담당하는 사회복지사는 사쿠라와 같은 나이의 여성이었다.

가재도구가 거의 없는 썰렁한 방으로 사회복지사가 찾아왔다. 셰어하우스에 이사가기 위해 불필요한 가전제품, 가구 등은 인터넷 사이트에서 팔았고 책도 처분했다. 마룻바닥에 방석도 없이 앉았다. 동년배인데도 그 입장 차이를 생각하니 쥐구멍에라도 기어들어 가고 싶어졌다. 큰 몸을 최

대한 작게 구부리고 바닥만 노려보았다.

이윽고 그녀가 질문을 시작했다.

"태어나서부터 지금까지의 상황을 간단하게 설명해주세요. 그리고 일을 못한다고 했는데 그 이유도요."

사쿠라는 어디서 태어나서 어디에 살았는지 학력, 경력 등을 고개를 떨군 채 짧게 얘기했다. 그리고 자신의 병력에 대해서도 자세히 설명했다.

"정말 일하기가 어려운가요?"

바닥만 보고 고개를 끄덕이는 사쿠라를 그녀는 위에서 아래까지 쭉 훑어본다. 한없이 초라해지는 기분이다.

"자, 그럼 진단서도 제출해주세요. 그리고 시모야마 사쿠라 씨는 부모님과 연락하고 싶지 않다는 거죠? 정말로 부모님 도움을 받을 수 없나요? 혹시 부모님과 싸우거나 해서 사이가 나쁜 건 아니고요? 만일 그런 거라면 좀 곤란합니다."

다시 한번 확인해야겠다는 듯 물어보기에 사쿠라는 한 번 더 부모님으로부터 학대받은 일을 설명해야 했다. 이야기하는 도중에 땀이 흥건했다.

"알겠습니다."

그녀가 고개를 끄덕였다.

사쿠라는 저기, 하며 얼굴을 들고 물어보았다.

"부양가족 조회는 역시 꼭 해야 하나요? 상담 담당자에게도 얘기했는데 부모님께 제가 어디 사는지 알리고 싶지 않아요. 제 생활보호를 노리고 찾아올지도 몰라요."

"이런 경우에는 조회하지 않는 방향으로 조정하게 될 것 같아요. 시간을 좀 주세요."

"잘 부탁드립니다."

사쿠라는 여러 번 고개를 숙였다.

그 후 취미는 무엇인지, 주말에 무엇을 하는지 등의 질문이 이어졌다. 생활보호 신청에 왜 그런 정보가 필요한지 궁금했지만 회사 면접 때와 똑같이 정중하게 대답했다.

"마지막으로."

사회복지사는 거기서 잠깐 말을 멈췄다. 그러고는 "솔직하게 대답해 주세요" 하고 이어갔다.

"정말로 기초생활수급자가 되고 싶어요?"

이제 와서 이런 질문이 무슨 소용이 있을까? 되야 하니까 신청한 것이다. 그래서 지금 가정방문까지 받고 있는 게 아닌가. 설마 '돈을 받는 것이 창피해서 사실은 혼자 힘으로 살아가고 싶다'고 생각한 것을 들켜버린 것일까?

무슨 대답을 하면 좋을지 몰라 입을 다물고 있었더니 "그게 말이죠" 하며 그녀가 사정을 설명한다.

"꼭 받아야만 하는 상황인데도 간혹 별로 받고 싶지 않다는 분들도 계시거든요."

"받고 싶지 않다고 하면 신청 허가를 받을 수 없나요?"

"그렇다기보다는 도중에 그만두겠다고 신청을 취소하시는 분들도 계셔서요."

최후의 순간에 어떻게든 신청자를 줄여보겠다는 작전인가? 사쿠라의 심리를 제대로 파악하고 있는 게 틀림없다. 이런 질문을 받은 사람들 중에는 결국 취소하겠다고 대답하는 사람도 있을 것이다. 게다가 잘 생각해

보니 그녀는 아까부터 생활보호 신청을 취소하도록 유도하고 있었다.

사쿠라는 눈을 살짝 감고 크게 숨을 들이쉬었다.

"저는, 꼭 받고 싶습니다."

그 외의 대답은 생각나지 않았다. 자존심도 체면도 모두 던져버리고 일단 살아남는 법을 택해야 했다. 아직 죽고 싶지는 않았다.

사회복지사가 돌아간 후 사쿠라는 깊은 잠에 빠져들었다. 주치의로부터 자신의 과거를 단숨에 돌아봐선 안 된다는 조언을 들었는데, 태어난 날부터 지금까지의 인생을 한꺼번에 털어놓은 것이 원인이었다. 면접이 끝난 후에도 비슷한 증상이 나타나긴 했는데 이렇게 심각한 것은 오랜만이었다. 얼마간 일어나지도 못하고 잠만 자는 날들이 계속되었는데 이윽고 정신을 차렸을 때는 생활보호를 신청한 날로부터 2주나 지나 있었다. 기초생활수급자 신청은 승인되었다. 마치 살아가라는 허가를 받은 것만 같았다.

고마웠다.

처음으로 자신이 태어나서 살아온 일본이라는 나라에 감사하고 싶어졌다.

돈이 통장에 들어오기 시작하면서 생활에 대한 불안이 줄어들었기 때문인지 컨디션도 안정되고 마음도 편안해졌다.

티라미수 하우스로 이사 온 후에는 되도록이면 주민들과의 접촉을 피하고 생활보호를 받는다는 사실이 들통나지 않게 조심했다. 원래부터 사람들과 수월하게 관계를 맺는 편도 아니어서 주민들과 어울리지 않는다고 불편할 것도 없었다.

오지랖이 넓은 후카가 가끔 말을 붙이기도 했지만 언제나 싸늘함을 유지했다. 그러는 편이 다들 더 조심하는 것 같아서 차라리 편했다. 지금까지는 사람들로부터 멸시를 받아왔는데 다른 사람들이 자신을 보고 가슴 졸이는 걸 보니 중요한 인물이라도 된 것처럼 느껴진다. 티라미수 하우스에 살면서, 태어나서 처음으로 다른 사람들보다 '우위'에 서본 것 같다.

그리고 마음 든든한 것도 있다. 여기 있으면 가난한 사람이 자기만은 아니라는 사실을 매일 실감할 수 있다. 이쓰키와 후카가 즐겁게 얘기하는 모습을 보면 종종 화가 날 때도 있지만, 마음 상태는 비교적 안정적이었다.

통원치료도 계속되었다. 덕분에 티라미수 하우스에 온 후 취업을 고려할 정도로 컨디션도 좋아졌다. 그래서 몇 군데 회사에 응모 서류를 보냈고 면접까지 간 곳이 오늘 간 기치조지의 회사였다.

지금까지 일들을 돌이켜본 탓인지 머리가 또 무겁다. 점점 의식이 몽롱해져 사쿠라는 눈을 질끈 감았다.

그날 저녁, 위 침대에 사는 후카가 내는 소리 때문에 잠에서 깼다. 불쾌하다는 의미로 큰 소리로 헛기침을 하자 후카는 금세 조용해졌다.

여기 이사 오기 전에 꾼 악몽을 오랜만에 꿨다. 전철역 플랫폼에서 달려오는 전철에 뛰어드는 꿈이다.

땀을 비 오듯 쏟아 침대보가 축축했고, 면접 때문에 입은 정장 윗도리도 땀으로 흥건했다. 평소보다 훨씬 무겁게 느껴지는 몸을 간신히 일으켜, 샤워를 하기 위해 침대에서 나오자 거실에는 이쓰키가 있었다. 눈이 마주치자 사쿠라에게 미소를 지었는데, 눈동자는 두려움에 떨고 있었다.

"저, 이거, 하나."

이쓰키가 일어나 생딸기 찹쌀떡이 든 상자를 건넨다.

"오늘 쓰키지에 갔는데 이소노 사장님이 다 같이 먹으라고 사주셨어."

오늘 면접을 본 후 동물원에서 입장료를 쓰는 바람에 슈퍼에서 늘 사던 세일하는 도시락도 못 사고 편의점에서 산 호빵만 하나 먹은 후였다.

평소라면 이소노 사장이 사준 것에는 절대로 손대지 않는데 사쿠라는 아무 말 없이 찹쌀떡 상자로 손을 뻗었다. 그 자리에 선 채로 반으로 뚝 잘라 절반을 입에 넣었다.

"저기."

이쓰키가 사쿠라의 안색을 살핀다.

"오늘 초밥 먹고 긴자에서 케이크까지 먹어서 배가 불러. 이거 오늘까지 먹어야 한다는데, 괜찮으면 내 것까지 먹을래?"

다시 한번 찹쌀떡 상자를 건넨다.

고맙다고 하면 될 일인데, 속 편하게 쓰키지에서 초밥을 먹고 긴자에서 케이크까지 즐기고 온 이쓰키에게 감사할 필요 따위, 있을까 싶다.

사쿠라는 잽싸게 찹쌀떡을 낚아채 한입에 넣었다.

비누 하나로 머리도 감고 몸도 씻고 샤워를 끝냈다. 사쿠라는 샴푸나 린스 같은 건 쓰지 않는다. 절약을 위해서인데 대신 뻣뻣한 머리칼이 갈라지는 것은 어쩔 수 없었다. 침대 위에서 엉킨 머리를 공동으로 쓰는 헤어드라이어로 말리면서 머리를 좀 자르고 싶다고 생각했다. 하지만 미용실에 가는 호강을 할 수는 없기에 조만간 혼자서 자르자고 마음먹었다.

이쓰키의 부드러운 머리카락이 떠오른다. 그리고 저 예쁜 얼굴. 날씬한 체형과 귀여운 옷들.

똑같이 돈 없는 생활인데, 저쪽은 남자한테 차였느니 그런 잠꼬대 같은 소리나 하고 있다. 그런데 세상이 동정하는 것은 이쓰키 같은 '지켜주고 싶은 여자'일 게 틀림없다.

학창 시절에도 남들이 신경을 쓰고 걱정해주는 것은 그런 아이들이었다. 성격이 어둡고 무뚝뚝한 데다 체격이 좋은 사쿠라는 단 한 번도 어느 누구의 관심을 받아본 적이 없었다. 다들 눈엣가시처럼 여겼다.

괜히 화가 나 헤어드라이어를 던져버리고 스마트폰을 쥐었다.

트위터에 들어가 어제 자신이 올린 글에 이런저런 댓글이 달린 것을 확인한다.

-중국인은 수준이 낮아서 도저히 같이 살 수가 없네. 전 세계의 미움을 받는 것도 자업자득이야.

어젯밤 사쿠라는 그렇게 적었다.

면접을 앞둔 밤, 긴장해서 도저히 잠들 수 없었다. 마침 그때 2층 개인실 중국인들이 밤늦게 돌아와 발소리가 나기에 그렇게 적었다. 일이 잘 안 풀리거나 화가 났을 때 그렇게 소셜 미디어에서 욕을 하고 나면 기분이 좀 나아졌다. 스마트폰을 만지고 있을 때 메일이 도착했다. 오늘 면접을 본 회사였다. 사쿠라는 침을 꿀꺽 삼키고 마음을 가다듬은 후, 메일을 열었다.

-시모야마 사쿠라 님, 오늘은 바쁘신 중에 저희 회사 채용 면접에 와주셔서 감사합니다.

신중한 심의 결과, 매우 안타깝지만 채용이 어렵게 되었습니다.

끝으로, 시모야마 사쿠라 님의 활약을 진심으로 기원합니다.

불합격 통지였다.

이렇게 빨리 연락을 주지 않아도 될 터인데.

예상은 했지만 몹시 억울했다. 이를 갈지 않으려고 얼른 어금니를 꽉 깨물고 세 번쯤 그 메일을 다시 읽었다. 그러나 몇 번을 읽어도 결과는 바뀌지 않았다. 그 어떤 '기원'을 해준다 한들, 활약 같은 건 평생 못할 것 같다.

조금 컨디션이 좋아졌다고 해서 채용시험을 볼 것까진 없었는지도 모른다.

어차피 자신을 채용해주는 회사는 어디에도 없을 것이다.

절망과 낙담, 분노가 섞인 감정이 온몸을 휘감았다. 참을 수가 없었다.

사쿠라는 오늘 만난 여자 면접관과 매우 비슷하게 생긴 여배우 M의 얼굴을 떠올리고 트위터에 글을 올렸다.

-M은 뭘 그렇게 잘난 척하는 거야? 짜증 나. 얼굴도 성형한 거 아니야?

금세 팔로워들의 댓글이 달린다. 리트윗도 점점 늘어난다.

만족스러운 얼굴로 웃고 있을 때 거실에서 이쓰키와 후카, 요시미의 말소리가 들려온다. 아마 함께 저녁을 먹고 있는 듯하다. 친하게 지내는 사람들을 보면 토할 것 같은데, 그들의 대화가 자연적으로 귀에 들어온다.

"수상한 사람, 무섭다! 내가 본 사람이 그 사람이라면 나이가 좀 많아 보이던데. 뭐하는 작자일까?"

후카가 말하자 다들 잠시 침묵한다. 사쿠라는 혹시 아버지가 돈이라도 빌리려고 찾아온 것이 아닌지 불안해진다.

"너는 누굴 닮아 그렇게 어둡게 생겼냐?"

"그 못생긴 얼굴 좀 저리 치워."

"우리도 키운 덕 좀 보자! 빨리 돈 내놓으라고!"

아버지가 던진 말들이 생생하게 되살아난다. 지갑에 든 아르바이트비를 모두 털어간 일도 떠올랐다.

"주말에는 사에키 씨가 온다는데 그 사람, 전혀 도움이 안 될 거 같아. 여하튼 왕 웨이 씨 오면 조심하라고 얘기해야겠다."

후카가 또 혼자 주절주절 떠들기 시작한다. 어쩜 저렇게 시끄러울까. 극단 배우라던데 뭐 그리 대단한 배우는 아닐 것이다. 무엇보다 좋은 사람인 척 하는 면에 배알이 꼴린다.

"그럼 안 자고 기다려야겠네."

꾀꼬리 같은 목소리도 이쓰키가 일부러 그런 소리를 내는 거라고 생각했다. 귀여운 척 하는 것도 정말 꼴불견이다.

"옆방이니까 왕 씨가 오면 내가 사에키 씨 얘기 전해줄게."

요시미는 무엇을 전하려는 것일까? 사에키 얘기라니 대체 뭘까? 오지랖은 후카만으로도 이미 충분한데.

"다행이다. 요시미 언니, 부탁해요."

후카는 뭐가 그리 잘났는지 이곳 주민들을 관리하려 드는데 자기가 이 집 주인도 아니면서 대체 왜 그러는 걸까?

"앗, 그리고, 직장 구했어. 일단은 아르바이트인데 잘하면 바로 정사원 시켜준대."

"정말? 잘됐다. 역시 이쓰키야! 내가 이럴 줄 알았다니까."

"대단하다. 보리차지만 우리 건배할까?"

후카의 밝은 목소리가 들린 후, 셋이 "건배!" 하는 소리와 함께 잔을 부딪치는 소리가 들려왔다.

사쿠라는 지금 당장이라도 후지산이 폭발하고 도쿄에 대지진이 일어나 모든 것이 다 엉망이 되게 해달라고 진심으로 기도했다.

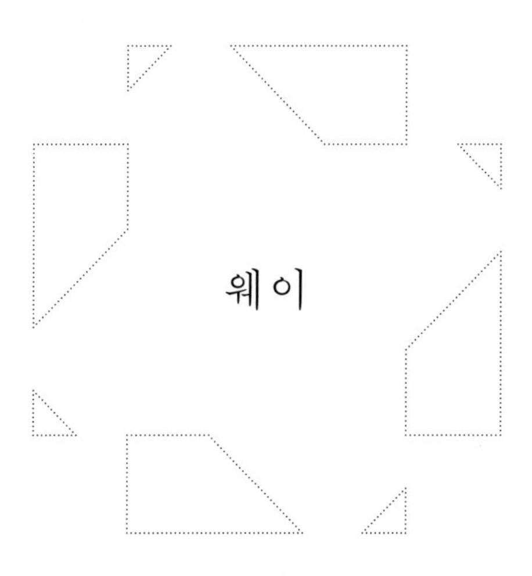
웨이

새벽 한 시쯤 되어 티라미수 하우스에 도착하자, 거실에는 아무도 없었다. 하지만 다인실 침대가 삐걱거리는 소리, 잠든 사람의 고른 숨소리가 들려오는 것을 보니 누군가가 있는 것은 분명했다. 여기서는 다들 지정된 자기 공간에서 숨죽이며 살고 있다.

왕 웨이는 주민들과 접촉하지 않아도 된다는 사실에 안도의 한숨을 내쉬고 쉬 즈린, 가오 샤오이를 데리고 서둘러 계단을 올라갔다.

자기 방문을 열려고 했을 때 이곳 주민들 중 가장 나이가 많은 것으로 보이는 옆방 여자가 나오기에 놀랐다. 대화를 나누어 본 적이 거의 없었는데 그녀는 무언가 하고 싶은 말이 있는 눈치였다. 왕 웨이는 몸을 움츠렸다. 즈린과 샤오이도 좁은 계단에 멈춰 섰다. 예전에 아래층에 사는 키 큰 여자한테 혼이 난 것처럼, 발소리가 시끄럽다고 주의라도 주려는 걸까.

"이제 왔어?"

희미하게 미소를 짓고 있는 걸 보니 악의는 없는 것처럼 보이는데, 일본인은 웃으면서 차가운 말을 던지기도 하기 때문에 방심할 수는 없었다.

"네, 죄송합니다."

웨이는 언제든 쓰기 편리한 단어인 "죄송합니다"를 먼저 입에 올렸다.

"실은 할 얘기가……."

부드러운 말투로 비수를 던지는 것이 일본인의 특징인데, 이 여자도 역시나 무언가 불만이라도 있는 것일까. 긴장해서 얼굴이 굳어진다.

"무슨 얘기요?"

"이거, 여기 셰어하우스 사장이 준 거."

그렇게 말하며 하얀 생과자를 세 개로 잘라 놓은 접시를 건넨다. 칼로 자른 부분에 팥 앙금이 보인다.

"고맙습니다."

접시를 받았다. 가끔 이런 일이 있는 걸 보면 배포가 큰 사장인가 보다.

"저기."

그녀의 목소리가 아까보다 작아진다.

"다음 주부터 스위츠 에스테이트 사원인 사에키 씨가 아래 다인실에서 살게 된대. 알아두는 게 좋을 것 같아서."

그녀는 작은 목소리로 소곤댔다.

"회사 사람, 여기 산다고요?"

그렇게 묻자 그녀는 고개를 끄덕이고 걱정된다는 표정을 짓는다. 이 여자는 진짜 친절한 사람인 모양이다.

"요즘 티라미수 하우스 주변을 수상한 중년 남자가 얼씬거리고 있다던데. 그래서 사에키 씨가 여기 와서 살면서 관리하게 된다니까 지금이랑은 좀 달라질 거야."

거기까지 말한 그녀는 웨이의 등 뒤에 있는 두 사람을 슬쩍 봤다.

"고맙습니다. 고마워요."

머리를 깊이 숙이고 황급히 방으로 들어갔다.

웨이는 일본에 오기 전부터 일본어를 배웠기 때문에 어려운 회화가 아닌 이상 상대가 하는 말 대부분을 이해할 수 있었다. 그러나 즈린과 샤오이는 일본어를 거의 모르기 때문에 지금 들은 사실을 일단 중국어로 전해주었다. 그러자 떡을 먹던 두 사람의 얼굴이 점점 새파랗게 질리기 시작했다.

"발각되면 큰일이야, 수상한 남자가 우리를 찾으러 온 건 아닐까."

뇌리에 한 남자의 얼굴이 떠오름과 동시에 구토가 밀려왔다. 설마, 아닐 거야. 웨이는 비참한 생각을 즉시 거둔다.

여하튼 즈린과 샤오이가 한시라도 빨리 여기서 나가야 하는 것은 분명했다. 이 개인실은 원래 계약자인 웨이 이외에 다른 사람은 들일 수 없게 되어 있다.

"우린 갈 곳도 없는데."

즈린이 당장이라도 울 것만 같은 얼굴이 된다.

"어쩌면 좋지?"

샤오이도 난처한 표정이다.

"어쨌든 다른 곳을 알아보자."

둘을 안심시키기 위해 불안한 표정을 지우려고 애쓰며 곧바로 나루세 씨한테 전화를 걸었다.

웨이는 티라미수 하우스에 온 지 반년쯤 되었다.

2년 전에 일본에 와서 기사라즈의 양돈장에서 일했는데 도쿄에 온 후부터 여기서 살고 있다. 여기 온 지 2개월쯤 지나서부터 즈린과 샤오이도 함께 살게 되었다.

즈린과 샤오이는 웨이와 같은 헤이룽장성 출신이다. 인권단체의 나루세 씨한테 소개받았다.

나루세 씨는 기사라즈의 지옥과도 같은 생활에서 구출해준 은인이다. 50대 중반쯤 되는 마른 체구의 여성으로 중국어도 능통하고, 여러모로 도움이 되는 사람이다. 인권 침해 상황에 놓인 외국인 노동자, 특히나 성희롱 등의 피해를 받고 있는 중국인 기능 실습생들을 돕기 위해 전국을 돌고 있다.

나루세 씨로부터 즈린과 샤오이를 받아달라는 부탁을 받았다. 나루세 씨 집에도 벌써 중국인 실습생 세 명이 살고 있어서 더 이상은 거둘 여유가 없다고 했다. 처음에는 자기 혼자만으로도 버겁다며 다른 사람들을 돕는 일은 불가능하다고 거절할 생각이었는데, 두 사람의 사정을 들으니 남 얘기 같지 않았다.

빈농 가정에서 자란 두 사람은 가족의 생계를 위해 외국인 기능실습생제도[1]를 이용해 일본으로 건너왔다. 실습생이란 단어는 허울에 지나지 않으며, 요컨대 저임금 노동자로 야마나시현의 세탁 공장에 파견되었다.

일본에 올 때, 중개 단체에 수수료와 보증금으로 일본 돈 약 100만 엔을 빌렸다. 일본에 온 후에는 매달 기본급이 5만 엔이었다. 그중 3만 5천

---

1 일본의 기술과 지식을 개발도상국 등에 이전하는 등의 목적으로 1993년 일본 정부가 도입한 제도다. 각국의 젊은이들을 받아들여 전국에서 일하게 하면서, 일본의 기술을 익히도록 하고 있다. 그러나 여권을 강제로 압수하거나, 강제로 저금을 시키고 야근을 시키면서 수당을 주지 않는 등 악덕 업체들이 큰 문제가 되고 있다.

엔은 강제적으로 저금을 해야 했다. 때문에 생활비 명목으로 현금으로 받는 돈은 만 5천 엔이 전부였다고 한다. 잔업수당은 시간당 300엔이었다. 여권도 통장도 휴대폰도 모두 빼앗기고 목조 가건물에서 외출도 금지된 상태로, 실습과는 거리가 먼 가혹한 노동을 하며 마치 노예처럼 생활했다.

그래도 옥수수와 고량高粱 정도밖에 재배할 수 없는 고향의 메마른 토지를 일구는 것보다는 경제적으로 훨씬 윤택했다. 중국에서는 대도시로 나가봤자 일본 수준의 임금은 기대할 수 없었다. 여기서 돈을 모아 귀국하면 어쩌면 집도 살 수 있을지 모른다. 마을에는 실제로 일본에서 돈을 벌어와 성처럼 커다란 집을 지은 사람도 있었다.

그래서 실습제도가 적용되는 3년간, 두 사람은 참고 일해보자고 굳은 결심을 했지만 어느 날부턴가 공장 경영자의 성추행에 끊임없이 시달려야 했다. 심야의 기숙사에 몰래 들어온 사장은 많은 여성들을 욕보였다. 그는 저항하면 중국으로 돌려보내겠다고 협박했다. 중국으로 돌아가게 되면 남는 것은 빚뿐이었기 때문에 그녀들도 견딜 수밖에 없었다.

특히 스물한 살로 나이가 어린 즈린과 얼굴선이 고운 샤오이를 사장은 마음에 들어 했다.

어느 날, 생리 중인데도 성행위를 강요받고 혼자 침대에서 울고 있던 즈린과 그녀를 달래던 샤오이는 탈출을 결심했다.

며칠 전 공장의 상태를 살피러 온 나루세 씨가 사장 눈을 피해 슬쩍 주고 간 명함이 떠올랐다. 그래, 죽기 아니면 살기다. 그녀에게 도움을 청해보자고 마음먹었다.

즈린과 샤오이는 모두 잠든 새벽 3시, 현금과 약간의 물건만 챙기고 옷도 갈아입을 새 없이 기숙사를 빠져나왔다. 여권도 통장도 휴대폰도 탈출을 작정했을 때 다 포기했다.

인적 없는 시골길을 걸어서 간선도로로 나와 간신히 찾은 공중전화로 나루세 씨한테 전화를 건 후, 폐업한 주유소 구석에 숨어서 나루세 씨가 오기만을 기다렸다. 살을 에는 추위와 들킬지도 모른다는 불안감에 내내 떨고만 있었다. 즈린은 그때, 태어나서 처음으로 이가 덜덜 떨리는 소리를 들었다고 한다.

"그건 살아 있는 게 아니었어요."

"나루세 씨가 안 오면 모든 게 끝이었죠."

아침이 오고 태양이 세상을 비추기 직전, 나루세 씨가 운전하는 경차가 눈앞에 나타났다.

"그때까지 한번도 믿은 적이 없는 신의 존재를 믿고 싶어졌어."

샤오이는 당시를 곱씹으며 말했다.

나루세 씨는 두 사람을 도쿄로 데리고 나왔다. 나중에 나루세 씨가 공장주를 만나 여권을 돌려받았다. 그들은 즈린과 샤오이의 짐과 휴대폰을 버렸다고 주장했다고 한다. 지금까지 일한 급여도 돌려받지 못했다.

웨이 자신도 외국인 기능실습생제도를 통해 일본에 왔다.

중국은 최근까지 한 자녀 정책을 실행했는데, 농촌에서는 남자아이가 태어날 때까지는 벌금을 물면서까지 아이를 낳는 일이 흔했다. 웨이의 집도 딸 셋에 남동생이 하나 있다. 남동생 학비를 위해 웨이는 일본에 돈을 벌러 왔다. 여동생 둘도 거의 학교에 다니지 못하고 도시 근교의 공장에서 일하고 있었다. 부모님도 농사만 짓는 것이 아니라 여기저기 돈을 벌러 다녔다.

중국에는 도시호적과 농촌호적이 있고, 그것은 세습된다. 웨이 일가는 농촌호적이다.

도시호적을 가진 사람들은 대도시에 살면서 공무원도 될 수 있고, 대기업도 대부분 그들 차지가 된다. 즉, 도시호적과 농촌호적의 존재는 사실상 신분제도, 계급제도와 비슷한 것이다. 피라미드 위층은 당연히 도시호적을 가진 사람들로, 그들은 농촌호적을 가진 사람들을 무시했다. 농촌호적을 가진 사람들은 농촌에 살며 땅을 일구는 사람들이 아니라 그저 단순 노동력으로 치부되었다. 그들은 도시의 공장으로 돈을 벌러 가기도 했다. 웨이처럼 일본을 비롯한 해외로 나가는 이들도 적지 않았다.

농촌호적을 가진 사람들은 도시나 해외로 나가 가혹한 노동조건 속에서 일했다. 도시호적을 가진 사람들에게 그 어떤 수모를 당해도 필사적으로 손에서 일을 놓지 않았다. 그것은 오로지 생계를 위해, 또 아들을 위해서였으며, 대부분 교육에 열성적이었다. 그 교육 비용은 누나나 여동생의 노동을 통해 나온다. 왜냐하면 교육만이 농촌호적에서 벗어날 수 있는 유일한 길이기 때문이다.

우수한 성적이라면 대도시의 유명 대학에 진학해 그 도시의 공무원이 되거나 대기업에 취직할 수 있으며 또는 유학 경험도 쌓을 수 있다. 그러면 베이징, 상하이 등 대도시 호적을 취득하는 것도 가능하다고 그들은 믿었다. 그 외의 방법으로는 해방군에 입대해 공을 세우고 출세해서 장교가 되거나 제대 후 도시에 취직하는 것이다.

그러나 현실은 농촌호적인 사람이 공무원이 되는 것도, 대기업에 들어가는 것도 쉽지 않았다.

웨이의 남동생은 대학에 들어가지 못해 재수를 했는데 지금은 베이징 근교의 공장에서 일하고 있다. 부모님이 여기저기 떠돌며 돈을 버는 동안

할머니 할아버지 품에서 응석받이로 남동생은 소년 시절에도 청소년 시절에도 공부를 핑계로 제멋대로 행동했다. 하고 싶은 걸 다 하며 자란 탓인지 인내심이 없고, 한 직장에 오래 붙어 있지 못했다. 지금은 쇼핑과 인터넷, 노래방 같은 데 돈을 쓰면서 찰나의 즐거움을 좇으며 살고 있다고 한다. 일본에 온 후 어머니로부터 그런 얘기를 전해 듣고는 경악했다.

그럼에도 웨이는 가족을 위해 성실하게 일했다. 조금이라도 생활을 편하게 해주고 싶었다.

그런데 주인인 이와이의 아들, 히데토시가 나타난 후 웨이의 인생은 엉망이 돼버렸다. 일본에서 일한 지 일 년 후의 일이다.

히데토시는 나이 많은 이와이 부부의 외아들로 일도 돕지 않고 싸돌아다니다가 가끔씩 집에 들어오는 것 같았다. 어쩌다 집에 돌아온 다음 날 밤, 그는 웨이가 잠든 방안에 몰래 찾아와 이불 속으로 비집고 들어왔다.

스물세 살인 웨이보다 스무 살 이상 많은 그는 체취와 구취가 심한 남자였다. 기름진 얼굴에는 여드름이 가득하고 입꼬리가 축 처져 있었다. 여자들에게 인기가 있을 리 만무했다. 양돈장에 있는 돼지가 차라리 더 낫겠다는 생각이 들 정도였다.

히데토시는 웨이를 강간했다.

필사적으로 도망쳤지만 다리를 잡힌 채 바닥에 내동댕이쳐졌고, 얼굴을 맞아 이가 두 개나 부러졌다. 큰 소리에 잠이 깬 같은 방의 춘홍은 공포에 질려 소리도 지르지 못했다고 한다. 이대로는 죽을지도 모른다는 생각에 어느 순간 저항을 그치고 자신의 피와 눈물을 마시며 짐승에게 유린당했다.

다음 날 히데토시의 아버지인 이와이에게 사정을 말하자, 소란을 피우면 중국에 보내겠다고 협박했다. 또다시 눈물을 머금을 수밖에 없었다. 그 후에도 히데토시는 여러 번 웨이를 겁탈했고, 그녀는 매번 참는 수밖에 없었다. 귀국할 때까지만 참고 버텨보자고 눈물을 삼켰다. 눈물의 짠맛은 아픔과 함께 기억에 새겨졌다.

가난이란 인간의 존엄성을 무참히 짓밟히는 일이란 것을 웨이는 절실히 깨달았다.

귀국 날만 손꼽아 기다리며 아침부터 밤까지 돼지우리 안에서 일했다. 조금이라도 돈을 벌어 이 구덩이에서 빠져나가야겠다고 결심했다.

그러던 어느 날, 생리가 두 달 가까이 없다는 사실이 떠올랐다.

이와이에게 임신 가능성을 알리자 이와이는 그녀를 집으로 불렀다. 한 번도 들어가 본 적 없던 이와이의 집은 낡았지만 웨이와 춘홍이 지내는 냉난방 시설이 없는 좁은 방과는 달리 넓고 스토브가 있어 따뜻했다.

말도 붙이지 않고 돼지처럼, 아니 돼지 이하로 대하던 이와이 부인이 이날만은 친절한 게 아무래도 불길했다. 조금은 죄책감을 느끼고 있는지 거실로 가라더니 녹차를 내온다. 이와이도 웃으며 "자, 그럼 이걸로 한번 확인해보자" 하고 임신 진단시약을 가져왔다. 히데토시도 심술궂은 얼굴로 이와이 옆에 앉아 있었다.

웨이는 거실 옆 화장실로 가서 임신 진단시약에 오줌을 눴다. 규정 시간을 기다릴 것도 없이 바로 양성 반응이 나왔다. 절망했다. 정신이 혼미한 상태로 멍하니 있을 때 노크 소리가 들려왔다.

화장실에서 나오자 부인이 문 앞에 서 있었다. "어땠니?" 하며 시약을 빼앗는다. 확연하게 드러난 양성 반응에 "어머나, 그래" 하며 거실로 뛰어간다. 웨이도 그녀를 따라 거실로 돌아왔다.

역겨운 히데토시의 아이를 임신하다니! 악몽이랄 수밖에 없었다. 한시라도 빨리 지우고 싶었다. 당연히 낙태를 요구할 거라고 생각했는데 이와이의 말은 웨이의 예상과 전혀 달랐다.

"결혼시키자."

기가 막혔다. 차라리 잘못 들은 거라면…….

"이 자식, 며느리 데려올 것도 아니잖아. 그리고 손자도 하나 있었으면 했는데, 타이밍이 딱 좋군."

이와이가 히데토시를 보고 "이제 이걸로 네 놈도 집에 엉덩이 붙이고 살겠구나" 하고 말하자 히데토시는 야비한 웃음을 지었다. 그 얼굴을 보니 구역질이 나고 소름이 끼쳤다.

"결혼 안 해."

웨이는 의연하게 대답했다.

"결혼하면 네 빚도 다 갚아줄게."

이와이는 비위를 맞추려는지 간사한 목소리로 말했다.

"재류허가도 받아줄게. 중국보다는 훨씬 풍요로운 일본에 있게 되니까 너도 기쁘지?"

이와이는 아무리 봐도 억지스러운 미소를 짓고 있었다. 웨이는 증오심에 불타올라 머리가 활활 타버릴 것만 같았다.

웨이는 "싫어! 일본 싫어. 결혼 안 돼" 하고 강한 어조로 거부했다. 그러자 이와이가 이번에는 무서운 얼굴이 되더니 "그렇다면" 하고 낮은 목소리로 말했다.

"중국에 강제송환 시켜야겠네."

웨이는 그 어떤 협박을 받을지라도 히데토시와 결혼해서 중국에 돌아가지 못하는 것만은 피하고 싶었다. 남동생 학비도 이젠 필요 없으니 더 이상 일본에 있을 필요도 없고, 만약 빚이 남는다고 해도 어떻게든 중국에 있는 공장에서 일해서 갚을 수 있을 것이다. 빚을 갚는 데 몇 년이 걸리든 이런 짐승과 결혼해 여기서 평생 돼지를 키우는 것보다는 낫겠다 싶다.

"그래, 중국, 갈래."

큰소리를 치자, 히데토시가 웨이를 차가운 눈으로 노려본다.

"결혼을 안 하겠다고? 중국인 주제에?"

격노한 히데토시가 웨이를 때리기 시작했다. 옆에 있던 이와이 부부는 말릴 생각도 없이 무표정한 상태로 보고만 있었다.

휘청거리다 바닥에 쓰러진 웨이는 일어나서 히데토시를 향해 피가 섞인 침을 뱉었다. 그것은 히데토시 발 위에 떨어졌다. 그는 더 격앙하여 그녀를 덮쳤다. 사지를 꼭 붙들고 그녀 위에 올라탔을 때 이와이 부인의 날카로운 비명이 들려왔다. 얼굴을 맞던 웨이의 의식은 점점 멀어지고 있었다.

웨이가 정신이 들었을 때는 기숙사의 자기 방 침대 위였다. 퉁퉁 부어서 반밖에 뜰 수 없는 눈을 뜨자 춘홍이 웨이의 얼굴에 얼음찜질을 하고 있었다.

"우린 인간 취급도 못 받는 거지."

춘홍은 눈물을 머금고 있었다.

웨이는 살짝 고개를 끄덕이는 게 전부였다. 얼굴이 아프고 목소리도 나오지 않았다. 눈꼬리에서 흘러내리는 눈물을 춘홍이 수건으로 닦아준다.

"여하튼 쉬어. 내가 옆에서 계속 찜질해줄게."

이불을 어깨까지 끌어올리던 춘홍이 갑자기 비명을 질렀다.

"피, 피가."

이불을 걷은 춘홍이 얼굴을 찡그린다.

"웨이, 이불 밑이 피바다야."

손으로 엉덩이를 만져보니 젖어 있다. 손을 눈으로 확인해보니, 손가락이 전부 빨갛게 물들어 있었다.

"빨리 병원에 가야 해."

춘홍이 황급히 일어나 방을 뛰쳐나갔다.

웨이는 얼굴이 너무 아파서 출혈은 까맣게 모르고 있었다. 자신의 몸 상태가 몹시 안 좋은데도 마치 남의 일처럼 느껴졌다.

그 후, 이와이 부부가 데려간 병원에 3일간 입원했다. 진찰 후 소파 수술을 한 고령의 남자 의사는 웨이의 얼굴을 보려고 하지 않았다. 그런데 간호사인 중년 여성은 웨이를 매우 친절하게 대해주었다. 개인적인 대화는 거의 하지 않았지만, 퇴원할 때 눈물을 머금은 눈으로 웨이의 얼굴을 보고, 고개를 깊이 한번 끄덕였다. 의미는 알 수 없었지만 웨이도 한번 고개를 끄덕였다.

병원에서 돌아온 다음 날부터 평소처럼 일해야 했다. 당연히 몸이 힘들고 어지럼증 때문에 빨리 움직일 수도 없었다. 그것을 본 이와이가 "제길" 하며 혀를 찼다. 한계에 달해 의식을 잃은 것은 저녁께쯤이었다. 인권단체 사람들 세 명이 공장으로 찾아와 웨이를 구해주었다. 그중 한 사람인 나루세 씨 말로는 병원 간호사로부터 연락을 받았다고 한다.

웨이는 이제 살았다고 진심으로 그녀에게 감사하며, 마음속으로 몇 번이곤 고맙다고 외쳤다.

나루세 씨를 포함한 인권단체 사람들은 이와이에게 경찰서에 갈지, 웨이를 놓아줄지 선택하라고 했고 빼앗긴 여권과 휴대폰은 돌려받았지만 통장은 돌려받지 못했다. 이와이가 실습생을 한 명 잃는 것은 큰 손실이라고 주장한 것이다.

웨이는 나루세 씨와 함께 기사라즈에서 도쿄로 왔다. 바다 위에 놓인 으리으리한 다리를 차로 건넜는데 전혀 현실감이 없었다. 헤이룽장성 시골에서 나리타에 도착해 곧장 기사라즈에 간 후, 거기서 한 번도 나온 적이 없었다. 도쿄의 화려한 네온을 보고 있자니 점점 자유로운 몸이 된 기쁨이 밀려들어 왔다. 이렇게 아름다운 대도시에 자신이 있는 것이 이상하게 느껴졌다. 동시에 춘홍이 걱정됐다. 인권단체 사람들에게 춘홍은 괜찮은지 계속 물었다.

나루세 씨가 "경고했으니 같은 일은 일어나지 않을 거야. 우리도 계속 감시하러 갈 거니까"라기에 안심했지만 자기만 자유로워진 것이 못내 께름칙했다. 춘홍의 얼굴을 떠올리면 가슴이 콕콕 찌르듯 아팠다.

도쿄에 와서 웨이는 에이후쿠초의 나루세 씨 아파트에서 잠시 지내다가, 그 후 입주 심사가 까다롭지 않은 여성 전용 셰어하우스에서 살기 시작했다.

나루세 씨는 히데토시와 이와이 부부에게 소송을 걸라고 했지만, 그 지옥 같은 곳에서 빠져나온 것만으로 충분했다. 이제 어떻게든 일해서 중개자에게 수수료와 보증금을 갚고 헤이룽장성으로 한시라도 빨리 돌아가고 싶었다. 가난한 황무지, 벽돌을 대충 쌓아 만든 집이지만 고향을 생각하면 그리움이 솟구쳐 눈물이 났다.

웨이, 즈린, 샤오이 셋은 실습생 자격으로 일본에 왔기 때문에 다른 일을 하는 것은 금지되어 있었다. 혹시라도 경찰과 입국관리국에 발각되면 강제송환을 당하게 된다. 그것도 실습하던 곳에서 도망쳐 나왔기 때문에 불법체류에 해당한다. 할 수 없이 불법으로 일할 수밖에 없었다. 그래서 늘 수상한 사람들이 자신을 찾으러 온 게 아닌가 싶어 두려웠다.

웨이는 신주쿠의 중화요리점 주방 보조와 빌딩 청소부로 일했고, 즈린과 샤오이는 신주쿠 모텔에서 청소부로 일했다. 매일 셋이 비슷한 시간에 알바 시간을 잡고, 돌아올 때도 약속 시간을 잡아 신주쿠에서 메이다이마에까지 사람 눈에 띄지 않는 길로 한 시간 가까이 걸어 다녔다.

그동안 벌벌 떨며 살아도 셋이서 어깨를 감싸며 힘든 일도 잘 넘겨왔다. 새벽에 중화요리점에서 남은 식재료로 같이 음식을 만들어 먹고, 고구마나 만두 등을 싸서 일하러 나갔다. 얼마 되지 않는 아르바이트비를 모아서 맥도날드에서 포테이토를 사먹고 100엔짜리 커피를 마시는 일이 월급날의 즐거움이었다. 돌아가는 길에 농담을 주고받으며 웃고, 고향을 그리워하며 함께 울었다. 두 사람은 웨이에게 바꿀 수 없는 친구이자 가족 같은 존재였다. 그런 즈린과 샤오이가 이 집에서 나가야 한다니…….

웨이는 이불을 젖히고 몸을 일으켜 즈린과 샤오이의 잠든 얼굴을 바라보았다. 어쨌든 나루세 씨 아파트로 가게 되어 안심했는지 두 사람은 푹 잠들어 있었다.

다다미 두 장쯤 되는 바닥에 얇은 이불을 깔고 셋은 나란히 잠을 잔다. 즈린과 샤오이의 베개 맡에는 비닐봉지가 세 개씩 놓여 있었다. 여행 가방이 없어서 비닐봉지에 대충 짐을 욱여넣었다. 비닐봉지를 바라보고 있으니 자기도 모르게 한숨이 새어 나왔다.

다음 날 아침, 새벽 5시에 일어났다. 밖으로 나가자 이미 해가 떠서 주변을 환하게 밝히고 있었다.

빈손인 웨이, 비닐봉지를 든 즈린과 샤오이는 역까지 말없이 길을 걸었다. 무슨 말을 하면 좋을지, 무슨 말을 해야 할지 알 수 없었다. 비닐봉지가 서로 부딪히며 바삭거리는 소리가 아무도 없는 새벽 주택가를 울렸다.

메이다이마에역 개찰구에 도착하자 나루세 씨가 기다리고 있었다.

"웨이 씨, 지금까지 고마워요. 셰어하우스에 사는데 무리하게 해서 미안해요."

나루세 씨가 사과하니 괜스레 미안해진다.

"괜찮아요, 괜찮아요" 하고 머리를 흔들었다.

"두 사람 갈 곳이 정해지면 다시 연락할게요."

나루세 씨는 그렇게 말하고 즈린과 샤오이에게 "그럼 가자"고 재촉했다.

둘은 웨이의 손을 세게 꽉 잡았다. 웨이도 그 손을 세게 잡아주고, 고개를 끄덕였다. 웨이는 개찰구에 들어가 몇 번이곤 뒤돌아보는 즈린과 샤오이의 모습이 사라질 때까지 지켜보았다.

티라미수 하우스 주변을 돌아본 후, 아무도 없는 것을 확인하고 되도록이면 눈에 띄지 않게 주의하며 현관에 들어갔다. 자기 방으로 돌아가자 다다미 두 장짜리 개인실이 묘하게도 넓게 느껴졌다. 중국에서도 방을 혼자 써본 적이 없었다. 처음 이 방에 혼자 입주했을 때도 마음이 편하지는 않았다. 그런데 셋이 함께 살면서 조금씩 안심할 수 있는 공간으로 변해갔다.

혼자가 된 웨이는 자신이 무척 고독한 사람처럼 느껴졌다. 셰어하우스여서 이 건물에는 다른 사람들도 있는데 그녀들에게 마음을 열지는 못할 것이다.

부엌으로 가서 뭘 좀 먹어보려고 냉장고를 열어 사둔 식재료를 확인했는데, 혼자 아침을 만들어 먹으려니 번거롭게 느껴졌다. 그때 찬장 안에 있는 컵에 든 행인두부[2]를 발견했다. 이름도 쓰여 있지 않아서 누구 것인지 알 수 없었다. 웨이는 까닭 없이 몹시 먹고 싶어져 손을 뻗었다.

"저기, 잠깐만요."

등 뒤에서 들려온 목소리에 놀란 나머지 행인두부를 손에서 놓고 뒤로 물러섰다.

최근에 여기 들어온 여자가 가까이 다가와 웨이 옆에서 냉장고 안을 뒤진다. 평소에는 이렇게 일찍 일어나는 주민은 없었다.

"여기도 없네."

그녀는 웨이를 쳐다보지도 않고 냉장실을 닫더니 냉동실, 그리고 야채실을 차례차례 열었다 닫은 후, 실망스러운 표정을 짓는다. 그 단정한 얼굴이 순진무구해 보였고, 깔끔한 옷차림이 다른 주민들과는 분위기가 조금 달랐다.

"어디 갔을까?"

혼잣말처럼 중얼거린 후, 웨이의 얼굴을 보고 "미안해요. 나도 모르게 냉장고 문을 닫아버렸네"라고 말했다. 사과하면서 미소를 짓는다. 보조개가 있는 얼굴이 무척이나 귀엽다.

"괜찮아요."

행인두부를 먹으려던 걸 못 본 것 같아 다행이라고 생각했다. 자칫 도둑질할 뻔했는데, 그런 일을 저지르지 않은 것은 더욱 다행이었다.

---

2 일본에서 인기 있는 중국의 디저트. 살구 씨와 우유 등을 혼합한 뒤 한천 등을 첨가해 만드는 중국식 젤리의 일종으로 두부처럼 생겼다.

"저, 그게, 제 스마트폰이 없어졌어요. 아이폰인데, 혹시 못 봤어요?"

고개를 흔들자 "정말요?" 하며 수상하다는 듯 이쪽을 보고는 한숨짓는다.

그 스마트폰의 부품을 만드는 중국 공장에서 웨이의 여동생이 일하고 있다. 아침부터 밤까지 기계처럼 단순 작업을 반복하다 표정을 잃은 여동생의 얼굴을 오랜만에 떠올렸다.

"언제까지 있었는데? 어디 뒀는지 기억 안 나, 이쓰키?"

커튼을 열고 침대에서 나온 키 작은 여자가 이쪽을 보며 말했다. 그녀는 항상 수다스럽고 밝다. 웨이를 보면 꼭 한마디씩 말을 걸어주었다.

"잘 잤어, 후카? 그게 말이지, 어디에 뒀는지 잘 모르겠어. 어젯밤에 저녁 먹을 때는 있었는데. 샤워하고 나와서 스마트폰을 보다 잤는데, 그때 사라졌나?"

이름이 이쓰키인 것으로 보이는 여자는 낙담했는지 거실로 가서 상 앞에 앉았다. 후카라고 불린 여자도 그녀를 따라갔다.

웨이가 자기 방으로 돌아가려고 할 때 누군가 "웨이 씨"라고 부른다. 뒤돌아보자 후카가 웨이 가까이에 와서 저기, 하고 속삭인다.

"맨날 같이 있던 친구들은?"

선의로 묻는 건지 악의로 묻는 건지 알 수가 없어서 바로는 대답하지 않았다. 표정을 보면 악의가 있는 것처럼 보이지 않지만, 가볍게 판단할 수는 없어서 입을 꾹 다물고 그녀를 똑바로 쳐다봤다.

"나는 적이 아니야. 요시미 씨한테 들었겠지만 스위츠 에스테이트 직원이 곧 온다니까 걱정돼서 물어본 거야."

소곤소곤 말하고 방긋 웃는다. 아무튼 눈앞의 이 사람도 옆방 여자처럼 친절한 사람인가 보다.

"나갔어. 괜찮아. 고마워."

그렇게 말하고 머리를 숙이자 후카는 "후우" 하고 큰 한숨을 내쉰 후 "다행이야"라고 중얼거렸다.

저녁까지 모텔에서 청소를 하고 밤에는 중화요리점에서 일한 후 혼자 돌아왔다. 예전에는 셋이서 대화를 나누고 걷다 보면 어느새 집에 도착해 있었는데 혼자 걸으니 집으로 가는 길이 무척 멀게 느껴졌다. 도중에 비도 내렸다. 우산이 없어서 빠른 걸음으로 티라미수 하우스까지 걸었는데 아무리 걸어도 집이 나오지 않았다. 갑자기 눈물이 터져 나왔다. 눈물은 얼굴을 때리는 빗방울과 하나가 되어 점점 눈앞이 보이지 않았다. 웨이는 멈춰 서서 건물 그림자에 숨어 한바탕 울었다.

한 시간 반이나 걸려서 티라미수 하우스에 도착했을 때는 온몸이 젖어 있었다. 수상한 사람이 있을지도 몰라서 신중하게 주변을 경계하며 현관으로 들어갔다. 계단을 올라가 자기 방에 들어가려고 할 때, 화장실에서 나오던 체격이 큰 여자와 부딪칠 뻔했다. 예전에 발소리가 시끄럽다고 주의를 준 여자다.

그녀는 웨이를 보자 미간에 힘을 주고 "비켜, 방해되잖아" 하고 내뱉고는 자기 침대로 들어갔다. 불쾌했지만 신경 쓸 필요 없다, 신경 쓰지 말자고 자신을 다독였다. 일본에 와서 얼마나 여러 번 이렇게 자신을 다독였는지 모른다.

샤워를 하고 이불 안으로 들어갔다. 일그러진 천장은 누가 일부러 붓칠이라도 해놓은 것처럼 여기저기 변색되어 있었다. 멍하니 바라보고 있으니 즈린과 샤오이의 얼굴이 떠올라 가슴이 쓰라렸다. 웨이는 눈을 꼭 감았지만 두 사람의 잔영은 사라지지 않았다.

토요일에도 평일과 똑같이 일했다. 나루세 씨한테 연락이 와서 즈린과 샤오이도 일을 찾았고 잘 지내고 있다는 얘기를 듣고 마음을 조금 놓았다. 다음 날은 쉬는 날이라 두 사람을 만나러 가기로 했다.

다음 날인 일요일, 푹 자고 평소보다 조금 늦은 오전 9시에 일어났다. 곧 나갈 채비를 하고 나루세 씨 집에 가기 위해 방을 나왔다. 그러자 아래층에 티라미수 하우스 주민들이 모여 있었다.

머리가 짧고 수수한 인상의, 안경을 쓴 남자 같은 사람도 있었다. 한 번도 본 적이 없으니 새로운 주민인지도 모른다. 그 사람은 웨이를 보고 "어, 왕 웨이 씨" 하고 말을 걸어왔다.

"그게, 저기 스위츠 에스테이트의 사에키입니다. 저어, 오늘부터 여기서 함께 생활하게 되었습니다. 잘 부탁드립니다."

사에키가 가볍게 머리를 숙이기에 웨이도 따라서 머리를 숙였다. 부동산 회사 직원이었다. 셋이서 함께 사는 걸 들키지 않아 다행이었다. 웨이는 작게 고개를 끄덕였다.

"어, 그게, 저어, 여러분, 무엇이든 문제가 생겼을 때는 언제나 편하게 말씀해주세요."

"잠깐, 저도 할 말이 있어요."

이쓰키가 겸연쩍게 입을 열었다.

"어어, 저어, 그러니까, 뭐, 뭔가요?"

사에키는 김이 잔뜩 서린 안경을 들고 안경다리를 만지며 대답했다.

"목요일부터 제 스마트폰이 안 보여요. 여기서 쓴 다음에 없어졌는데 위치정보 검색을 해도 여기라고 나오거든요."

"어머나, 분실입니까? 그럼 말이죠. 저, 근데 그게, 물건은 각자 관리하는 것이 룰인데 그건, 여기서는 저, 그게 어쩔 수가……."

우물대다 말을 채 끝맺지 못한다. 볼수록 믿음직한 구석이 하나도 없는 사람이다.

"마침 다 모인 참에 드리는 말씀인데 혹시 보신 분이 계신가 해서."

그렇게 말한 이쓰키는 키 큰 여자 쪽으로 시선을 보냈다.

"혹시 내가 훔쳐갔다고 생각하는 거야?"

그녀는 화가 난 듯한 목소리로 말하며 이쓰키를 노려봤다.

"사쿠라, 이쓰키가 언제 그렇게 말했어? 그냥 혹시 본 사람이 있는지 물어본 거잖아."

후카가 부드럽게 말했지만 사쿠라는 화 난 얼굴을 하고 딴 곳을 보며 "아, 열 받아" 하고 내뱉었다.

"사에키 씨가 청소하다가 찾아줄 수도 있으니까 너무 걱정하지 마."

웨이 옆방에 사는 여자가 차분한 어조로 말했다.

"어, 그게, 그럼 제가 조심해서 잘 살펴보겠습니다. 참, 스마트폰 맞죠?"

"아이폰이에요. 진한 핑크색 플라스틱 커버요."

"알겠습니다."

거기서 이야기가 끝난 것 같아 웨이는 현관 밖으로 나가려고 했다.

"타이밍으로 보면 얼마 전 사라진 두 명이 수상한데."

사쿠라가 말하자 웨이는 깜짝 놀라 뒤를 돌아보았다. 식은땀이 났지만 서두르는 기색을 보이지 않도록 표정에는 조심했다.

사쿠라는 심술궂게 입꼬리만 올리고 웃고 있었다. 이와이도 비슷하게 웃던 것이 생각나 온몸이 부들부들 떨렸다.

"어? 지금 뭐라고 했어요? 누가 나갔다고요?"

사에키가 되물었다.

"아무것도 아니에요, 사에키 씨. 얼마 전 점심때 극단 친구들이 놀러왔었어요. 근데 둘 다 스마트폰이 있어서 훔치지는 않았을 거예요."

도와준 후카가 무척 고마웠다. 이 사람은 왜 이렇게 친절한 걸까?

"쯧." 혀를 찬 사쿠라는 "너도 스마트폰 아니고 피처폰이잖아" 하고 후카에게 내뱉고는 자기 침대로 들어가 버렸다. 후카는 얼굴을 찡그렸다.

"여하튼 사이좋게 지냅시다. 잘 부탁합니다."

사에키는 한 번 더 머리를 숙이고, 그 자리에서 해산했다.

웨이가 현관을 나오자 강한 비가 뿌려대고 있었다. 몸을 잔뜩 웅크린 채 100엔 숍에서 산 비닐우산을 쓰고 역을 향해 걸었다. 심장이 아직 두근거려서 발걸음도 심장박동에 맞춰 점점 빨라졌다. 우산이 작아 어깨가 다 젖었지만 신경 쓰지 않고 서둘러 걸었다.

"웨이 씨, 잠깐만요."

빗속에서 뒤돌아보자 이쓰키가 헉헉거리며 뛰어와 웨이 옆에 나란히 서길래 발걸음을 늦췄다. 이쓰키도 비닐우산이었는데 웨이 것보다 조금 더 크고 뼈대도 튼튼해 보였다.

"미안한데 얼마 전까지 같이 살던 두 친구 분한테도 제 아이폰 못 봤는지 한번 물어봐 주실래요?"

웨이는 아무 대답도 하지 않고 이쓰키의 눈을 응시했다. 어쩌면 이쓰키도 사쿠라처럼 즈린과 샤오이 두 사람이 훔쳐갔다고 의심하는 건지도 모른다. 자신도 의심받고 있을 가능성이 있었다. 이쓰키는 웨이한테서 시선을 뗐다.

"아니에요. 의심하는 게 아니라 혹시 못 봤는지 그것만 좀 물어봐 달라는 거예요. 저는 스마트폰이 없으면 안 되거든요."

그렇게 말한 이쓰키는 곧 몸을 틀어 티라미수 하우스 쪽으로 도망치듯 뛰어갔다.

나루세 씨의 아파트는 에이후쿠초역에서 15분 정도 걸어간 곳에 있었다. 벨을 누르자 샤오이가 나와서 웨이를 얼싸안았다. 그녀의 등 뒤에서 즈린도 웃고 있었다. 겨우 이틀 떨어져 지냈는데 두 사람을 보니 반가움에 눈시울이 뜨거워졌다.

2LDK[3]의 집으로 들어간다. 그러자 기사라즈에서 여기로 왔을 때의 일이 문득 떠올랐다. 그때는 해방된 기쁨과 더불어 일본에 와서 늘 함께였던 춘홍이 몹시 걱정되었다. 그런데 나중에 나루세 씨한테서 춘홍이 어떤 이유에선지 중국 산둥성에 강제송환되었다고 들었다. 그녀를 생각하면 가슴이 미어질 것만 같았다.

나루세 씨는 집에 없었다. 샤오이 말에 따르면 나루세 씨는 일요일인데도 도치기현 딸기 농장에서 일하는 실습생을 보러 아침 일찍 나갔다고 한다. 얼마 전까지 여기 머물던 세 사람은 나루세 씨 지인의 집에서 지낸다고 했다.

웨이는 이쓰키가 아이폰을 잃어버린 얘기를 하고 본 적이 없는지 한번 물어봤는데 당연히 둘 다 모른다고 대답했다. 이쓰키한테 당당하게 보고할 수 있다고 생각하니 마음이 조금 편해졌다.

---

3 LDK는 'Living, Dining, Kitchen'의 일본식 줄임말이다. 거실, 식당, 부엌의 첫 글자를 딴 것이다.

"웨이, 우리는 불법체류자라 살 곳을 찾기가 어렵대."

즈린이 어두운 얼굴로 얘기하자 샤오이도 고개를 떨궜다.

"그게……."

웨이는 자신이 운이 좋은 편이란 사실에 내심 안도했다. 동시에 두 사람에게 미안한 마음이 들었다.

샤오이는 "그래서 그런데" 하며 얼굴을 들었다.

"우리는 이제 중국으로 돌아갈까 해."

"뭐? 빚은?"

"나루세 씨가 한 번 더 공장에 그동안 일한 급여 청구를 해봐서 안 되면 소송을 하면 어떻겠냐고 하네. 그래서 나랑 즈린이 상의해서 그렇게 하는 게 좋을 것 같다는 결론을 내렸어. 재판을 하게 되면 시간도 걸리고 불법체류 상태로는 일할 수 없으니까. 그래서 일단 중국에 돌아가는 게 좋을 것 같아. 빚도 빚이지만 가서 어떻게든 일해볼래. 그리고 우리가 용기를 내서 공장장한테 소송을 걸면 웨이를 고용한 이와이도 무서워서 월급을 줄지도 모른대."

재판을 한다는 것은 사장의 노리개였던 사실이 만천하에 드러나는 것이다.

"샤오이도, 즈린도 괜찮아?"

둘 다 크게 고개를 끄덕였다. 결의가 굳은 것 같다.

"누군가가 목소리를 내야 해. 이런 심각한 일이 또 일어날 수 있잖아. 실습생도, 중국 여자도 모두 사람이니까."

샤오이가 단호하게 말했다.

"그리고 우리는 이제 우리나라로 돌아가고 싶어."

즈린이 슬픈 눈을 깜박였다.

저녁에 에이후쿠초에서 돌아와 현관문을 열었더니 출입금지인 게 분명한 남자 구두가 놓여 있어서 몸을 움츠렸다. 집안도 시끄러웠다.

다인실에 들어가자 거실 쪽에서 중년 남녀가 사에키와 후카를 상대로 무언가 흥분한 얼굴로 얘기하고 있었다.

“우리 이쓰키가 이런 곳에서 살았단 말인가요? 뉴욕에 있는 줄만 알았는데.”

여자는 얼굴을 찌푸렸다.

“이쓰키 어디 갔어?”

남자 목소리는 화가 난 것처럼 들렸다.

“슈퍼에 뭘 좀 사러 갔어요.”

후카가 조심스럽게 대답했다.

웨이는 그들 옆을 살짝 지나갔다. 지나갈 때 중년 여성이 웨이를 보고 위에서 아래까지 순식간에 값을 매기듯 훑어봤는데 그런 시선에는 이미 익숙한 탓에 무시하고 계단을 올라갔다.

자기 방에 들어가 잠시 누웠다. 즈린과 샤오이가 중국에 간다고 한 말이 머릿속을 맴돌았다. 그녀들이 돌아가 버리면 무척이나 외롭겠지만 둘에게는 그 편이 더 좋을지도 모른다. 자신은 재판을 할 용기도 없지만 부디 잘 풀렸으면 좋겠다. 아니, 꼭 잘 돼야 한다. 더 이상 이런 일이 일어나는 것을 두고 볼 수만은 없었다.

하지만 정말로 재판을 해도 괜찮은 걸까? 지면 어떻게 될까?

머릿속으로 여러 가지 생각을 하고 있는데, 아래층에서 들려오던 목소리가 점점 더 커졌다. 대화 내용에 흥미가 없어서 엿들을 생각도 없이 누워 있었다. 잡음처럼 들려오던 대화가 점점 자장가처럼 잠을 불러왔다. 어느샌가 웨이는 잠이 들었다.

창문이 없어서 몇 시인지 알 수가 없었다. 휴대폰을 확인하니 벌써 오후 8시가 넘어 있었다. 더위 때문에 자는 사이에 꽤나 땀을 흘렸다. 리사이클 숍에서 산 선풍기는 미적지근한 바람을 뿜어댈 뿐 아무 도움도 되지 않았다. 사실은 바람이 좀 통하게 방문을 열어놓고 싶었지만 그런 위험한 짓은 할 수 없었다. 숨어 사는 사람은 어디까지나 숨죽이고 살아가야 한다.

웨이는 샤워를 하려고 계단을 내려갔다. 셋이 살 때는 눈에 띄지 않게 샤워도 하루에 한 사람씩, 이틀에 한 번꼴로 했다. 지금은 언제나 샤워를 할 수 있는데 그래도 눈에 띄지 않게 조심했다.

거실에서는 후카와 옆방 여자가 식사를 하고 있었다. 메뉴는 카레였다. 왜 그런지 수다스러운 후카가 오늘은 말이 없었다. 표정도 좀 어두워 보였다.

웨이와 눈이 마주치자 후카는 "어, 웨이 씨" 하며 친근한 미소를 보였다.

"안 먹었으면 같이 먹을래요?"

"네?"

갑작스러운 권유에 반사적으로 되물었다.

"밥을 같이 먹던 이쓰키가 오늘 나갔어요. 점심에 요시미 언니가 만든 카레가 아직 남아 있거든요. 이쓰키는 부모님이랑 히로시마로 돌아갔어요. 아버지가 계속 찾고 있었대요. 수상한 사람은 이쓰키 씨를 찾던 사람이었던 것 같아요. 탐정요."

그렇게 말하고 이쓰키가 있던 장소를 보니 커튼이 열려 있다. 침대 안에는 뼈대만 보일 뿐, 이불도 짐도 아무것도 없었다. 침대 아래에 있던 큰 여행 가방도 보이지 않는다.

수상한 사람이 자신을 찾는 것이 아니라니 다행이었다.

"웨이 씨, 같이 먹어요. 저녁 아직이죠?"

옆방 여자는 요시미라는 것 같은데, 그녀도 부드럽게 미소를 지었다.

그러고 보니 배가 무척 고픈 것 같기도 했다.

"먹을래요. 돈 드릴게요. 얼마 드리면 돼요?"

"됐어요. 괜찮아요. 그쵸, 요시미 언니?"

요시미는 끄덕이고 일어나 부엌으로 갔다.

요시미가 퍼준 카레는 조금도 맵지 않았는데 입에 넣자마자 눈가에 눈물이 고였다.

요시미

거실 겸 부엌 바닥을 물걸레질한다. 땀이 비 오듯 쏟아져 마룻바닥에 얼룩처럼 반점이 생긴다. 요시미는 얼른 앞치마 주머니에서 타월 손수건을 꺼내 얼굴을 닦고 땀이 떨어진 곳을 걸레로 훔쳤다. 다시 걸레질을 시작하자 땀이 뚝뚝 떨어진다. 에어컨을 좀 틀어줬으면 좋겠는데, 그런 호의는 바랄 수 없다.

손을 멈추고 잠시 방충망 밖으로 보이는 태양을 올려다본다. 장마가 끝나고 3일이 지났다. 연일 더위가 계속되고 있었다. 방충망으로 강한 햇볕과 함께 뜨거운 공기가 들어온다.

창밖에는 깔끔하게 정돈된 정원이 있고, 햇빛을 받은 정원목의 짙은 녹색과 검은 그림자가 강렬한 대비를 이루고 있었다.

눈앞에는 작은 밭이 있었는데, 예전에 아파트 베란다에서 키우던 미니 토마토와 바질이 떠오른다. 매일 아침 장난감 물뿌리개를 든 유토와 함께 물을 주었다. 그 시절엔 이렇게 남의 집 바닥을 기어 다니며 걸레질을 할 줄은 차마 몰랐다.

얼굴 앞에서 손으로 팔랑팔랑 부채질을 해가며 다다미 20장에 가까운 거실 겸 부엌을 걸레질한다. 이 집에서 키우는 강아지가 바닥에 실수를 하기도 하고, 정원에도 자유롭게 오가기 때문에 걸레는 금세 더러워진다. 몇 번이곤 빨아가며 바닥 훔치기를 반복했다.

걸레질이 끝나면 다음은 개집 청소다. 개집 주인인 토이 푸들, 쇼콜라는 지금 안주인 오우사카 부인과 함께 침실에 있다. 냉방이 잘 되는 침실은 무척 시원할 것이다.

요시미는 배변 시트를 버리고 조립식 개집을 분해해 정원으로 가져가서 곳곳을 물로 씻었다. 그늘에서 작업을 해도 더위 때문에 숨이 막힐 것 같았다. 분뇨가 딱 달라붙은 플라스틱 바닥판을 스펀지로 정성껏 문질러 닦고 호스를 가져와 물로 씻어냈다. 판자를 닦는 손에 힘이 너무 들어가 스펀지를 떨어뜨렸다. 한숨을 내쉬며 진흙이 묻은 스펀지를 주워 다시 물로 씻는다.

요시미는 남의 집 청소를 하는 일에, 그것도 개집을 씻는 일에 자신이 굴욕을 느끼고 있다는 사실을 깨닫고 흠칫했다. 이 쓸모없는 자존심을 빨리 버리지 않으면 좋을 게 없었다.

"니시자와 씨, 그거 끝나면 차 한잔 어때요?"

나긋한 목소리에 고개를 들자 오우사카 부인이 쇼콜라를 안고 미소를 지었다. 쇼콜라는 구슬 같은 눈으로 요시미를 바라본다. 왠지 그 시선이 요시미를 내려다보는 것처럼 느껴지는 것은 이미 충분히 비굴해져 있기 때문일까. 개는 인간의 서열을 잘 파악한다니 틀린 것도 아닐 것이다.

"욕실과 부엌이 남아 있는데 시간이……."

"시간 넘으면 연장요금 낼게요. 잠깐이니까 괜찮겠죠? 환자한테 추석 선물로 양갱을 받았어요. 나와 남편 둘이서 먹기엔 양이 너무 많아요."

오우사카 부인은 요시미의 대답도 기다리지 않고 "준비하고 기다릴게요" 하며 사라졌다.

시모키타자와에 사무소가 있는 가사대행사 '머메이드 서비스'에서 파견을 받아 이케가미에 있는 오우사카 씨 댁에 다닌 지 곧 3개월이 된다. 일주일에 두 번씩 오고 있다. 이 집은 지은 지 좀 오래되긴 했지만 훌륭한 이층집으로 토지가 100평 가까이 된다. 개인병원 원장인 남편과 부인 둘이 사는데 두 아들은 독립해서 각각 대학병원에 근무하고 있다.

오우사카 부인은 요시미가 청소하는 동안 옆에 딱 붙어서 이런저런 얘기를 끊임없이 늘어놓기 때문에 이 집의 가족 정보는 대부분 파악하고 있다. 업라이트 피아노 위에도 휴양지에서 찍은 파란 바다를 배경으로 한 가족사진과 축구 유니폼을 입은 소년, 의사 가운을 입은 청년의 사진 등이 보란 듯이 진열되어 있고, 부인은 그 사진들 하나하나에 대해 자세히 설명해주었다.

가족의 일뿐만 아니라 자신이 하고 있는 자원봉사 이야기, 매일매일의 생활 이야기, 남편이 운영하는 병원 일도 아주 상세히 알려준다. 매년 추석마다 가루이자와 별장에 간다는 것은 지난주에 들은 얘기다. 그때 요시미는 자신과 너무나 다른 그들의 생활에 질투와 부러움이 치밀어 잠시 정신이 혼미해졌다. 사실은 귀를 틀어막고 싶었다.

오늘은 부인의 이야기를 듣지 않아도 된다고 생각했는데 설마 차를 마시자고 할 줄은 몰랐다. 이런 일은 처음이다. 퍽이나 하고 싶은 얘기가 많은 모양이다. 또 자기 자랑을 늘어놓는 게 아닌가 싶어 벌써 마음이 무겁다. 그렇지만 요시미의 대답과는 상관없이 자기 할 얘기만 하는 오우사카 부인이 고용주인 이상 반박할 수도 없었다. 원칙적으론 일하는 집에서 음식을 대접받는 것은 금지되어 있는데, 그런 사실을 설명하는 것도 귀찮았다.

개집을 다 씻은 후 판자와 철장을 제각기 잔디밭에 펴서 말렸다. 거실로 돌아가자 식탁에는 차가운 녹차와 양갱이 준비되어 있고, 오우사카 부인이 거기 앉아 기다리고 있었다.

"자, 어서 여기로."

50대 후반으로 보이는 오우사카 부인은 조금이라도 젊게 보이고 싶은지 화려한 꽃무늬 원피스로 치장하고 있다. 오동통한 몸에 원피스가 딱 달라붙어 있다. 풍만한 가슴이 강조되어 눈을 어디에 두어야 할지 난처했다.

부인은 검은색 쇼콜라를 안고 있다. 실내는 아까와 달리 에어컨이 켜져 있었다. 부인은 자기가 있을 때만 냉방을 한다. 아니, 쇼콜라가 더위에 약하다며 쇼콜라만 집에 두고 나갈 때도 꼭 에어컨을 켠다고 했던 것 같다. 쇼콜라는 애지중지 잘 크고 있었다. 에어컨이 없는 티라미수 하우스의 개인실이 떠올라 잠시 비참한 기분이 든 것도 사실이다.

요시미는 손을 씻은 후 앞치마를 벗고 식탁에 앉았다.

"니시자와 씨, 사양하지 말고 많이 드세요."

잘 먹겠다고 가볍게 인사한 후, 녹차를 마셨다. 얼음이 들어 있어 무척 차가웠다. 목마름이 가시고 땀도 싹 가셨다. 그러고 나서 시원한 유리그릇에 담긴 양갱을 포크로 찍어 먹었다. 차갑고 부드러운 식감이 더위를 식혀주고 달콤한 맛이 입안으로 퍼져나가 피곤함을 덜어준다.

"상의할 게 좀 있어요."

부인은 양갱을 입에 넣어 오물거리며 씹고는 삼켰다. 요시미는 멈칫하고 양갱을 먹으려던 손을 멈췄다.

"상의, 라니요?"

희망사항일 게 분명하다.

"네, 저, 그게 말이죠. 머메이드 서비스에서 파견되어서 오시잖아요."

"네……."

"시급이 얼마죠?"

"네? 시급이요?"

무슨 소린지 안 들어도 알 만했다.

"우리는 한 시간에 2천 엔 이상 지불하고 있는데 니시자와 씨가 전부 받는 거 아니잖아요. 머메이드 서비스에서 마진을 많이 챙기는 거 알고 있어요. 그러니까 거기는 그냥 두기로 하고 우리집이랑 직접 계약해서 오는 건 어떤가 해서요."

예상했던 전개다. 머메이드 서비스에서 연수받을 때 '직접 계약은 절대금지'란 얘기도 이미 들은 바였다.

"저, 그건 그럴 수 없다는 규정이 있어서……."

"하지만 그게 그쪽한테도 돈이 더 될 텐데. 1,500엔 낼게요. 좋은 게 좋은 거잖아요?"

지금 시급은 1,200엔이다. 고마운 얘기지만 규칙을 깨는 것은 무서운 일이다.

"회사에 알려지면 제가 곤란해져요."

"조금이라도 시급이 높은 게 좋지 않아요? 회사엔 모른 척하면 되잖아요. 그리고 나도 자원봉사하는 친구들 중에 도우미를 원하는 사람이 있으면 소개해줄게요."

"너무 감사하지만, 그게 좀……."

"이봐요, 나는 그냥 어려운 사람 도와주고 싶어서 그래요. 당신 분위기가 참 우아한데 이런 일하는 거 보니 그럴 만한 사정이 있는 것 같아서요. 남편은 무슨 일해요? 구조조정? 아니면 월급 삭감?"

쇼콜라의 머리를 쓰다듬으며 호기심을 드러낸다. 이런 시선이 견딜 수 없을 만큼 혐오스럽다.

"사정 같은 거 딱히 없습니다. 가계에 조금이라도 도움이 될까 해서 하는 일이에요. 아이 교육비도 드니까요."

구조조정도 그렇고 사연도 많았지만 부인에게 그런 사정을 밝힐 이유는 없었다.

"애는 몇 살이에요? 하나인가요? 딸이에요, 아들이에요?"

"초등학교 1학년 남자아이가 하나 있어요."

지금은 같이 살지 않는다고는 절대로 말하지 않을 것이다. 입 밖으로 꺼내자마자 흥미의 대상으로 삼고 이것저것 번거롭게 물어올 게 분명하기 때문이다.

유복한 환경에서 어려움을 모르고 살아온 오우사카 부인에게, 고민 많고 생활이 어려운 복잡한 가정사란 연민의 대상에 지나지 않을 것이다. 그 연민이라는 감정도 일종의 오락이 아닐까 싶다.

이상하리만치 열심히 아동관[1]과 방과후교실에서 아이들에게 책을 읽

1 각 지역마다 있는 아동센터로 내부에는 유아실, 도서실, 음악실, 컴퓨터실, 체육관 등이 있어서 주변에 사는 아이들이 언제든 찾아와 무료로 자유롭게 놀 수 있도록 한 장소다. 각 지자체가 운영하며, 오후에는 초등학생들을 위한 방과후교실이 열린다. 초등학생들은 부모가 맞벌이를 할

어주고, 합창단 친구들과 고령자 요양원을 찾아가 노래봉사를 하는 것만 봐도 그렇다.

"엄마가 일하니까 애가 불쌍해."

"가족이 부모님을 안 돌보고 요양원에 보낸다니 불쌍해서 가슴이 무너져요."

"내가 가면 사람들이 얼마나 좋아하는지 몰라. 다들 외로워서 그런 거죠."

부인이 지금까지 한 말들을 생각해보면 악의는 없어 보이지만, 요시미는 그런 말들에서 부유한 사람들의 오만함을 발견하곤 했다.

"어머나! 초등학생? 공립학교? 그럼 앞으로 학원비라든가 그런 게 많이 들 텐데. 우리는 애들 다 사립에 보낸 데다 학원도 여러 개 보내서 꽤 들었어. 또 의대도 사립대학교라 여간 돈이 많이 든 게 아니거든요."

"예."

또 자기 자랑인가 싶어 진력이 나는데 그나마 직접 계약 얘기가 거기서 끝난 것 같아 다행이다 싶었다.

"그러니까 아들내미를 위해서라도 돈을 조금 더 받는 게 좋지 않아요? 시급도 비싼 편이 낫지."

또 직접 계약 얘기를 꺼내는데 어떻게 거절하면 좋을지 재빨리 머리를 굴렸다.

"머메이드 서비스가 소개해준 다른 집들도 있어서요. 그래서 여기만 그렇게 하기는 좀……."

혹시라도 화를 북돋울까 봐 두려워서 말을 골라가며 했는데 오우사카

경우, 방학 기간에도 이곳에서 하루를 보내게 된다.

부인은 "그럼, 됐어요" 하며 요시미의 말을 잘랐다.

"그럼 우리집에 오는 시간 좀 줄여야겠네. 오늘은 3시까지면 돼요. 요즘 불경기잖아. 우리도 절약을 좀 해야겠어요."

개인병원 원장인 이 집이 생활이 어려울 리가 없다. 아까만 해도 연장을 해달라고 하지 않았던가. 괜한 심통을 부리고 있는 것이다. 그리고 예약 시간이 5시까지인데 갑자기 3시에 일을 마치고 가라면 시급이 줄어든다. 아니, 그보다 당일 시간 변경은 원칙적으로 못 하게 되어 있다.

"저, 오늘 급하게 말씀하시는 건……. 그리고 3시면 일도 다 못 끝낼 텐데요. 한 시간밖에 남지 않았어요."

"어쨌든 그렇게 해줘요. 끝내줘요. 집안일의 프로잖아요."

기분이 꽤나 상했는지 웃음이 싹 가신 얼굴이다.

"시간 단축은 머메이드 서비스에 직접 연락을 해주셔야 하는데……."

"네, 네, 알겠습니다."

부인은 양갱을 먹다 말고 자리에서 일어났다.

"이거 치우세요. 설거지도 해둬요."

오우사카 부인은 거실에서 나갔다가 바로 다시 돌아와 에어컨을 껐다.

티라미수 하우스로 돌아갔는데 다인실에 인기척이 없다. 아침을 먹을 때 후카는 늦게까지 아르바이트를 해야 한다고 했다. 후카가 있을 때의 떠들썩한 분위기도 좋았지만 가끔은 이렇게 조용한 것도 나쁘지 않다. 사쿠라도 요즘은 자주 외출을 한다. 심술궂고 예의 없고 주변 분위기를 험악하게 만드는 사쿠라만 없으면 마음이 편하다.

이쓰키가 쓰던 침대는 지난주까지 스물을 갓 넘긴 것 같은 젊은 여자가 썼는데, 지금은 비어 있다. 그 여자는 여기서 지낸 2개월간 늦은 밤에 가끔 들어올 뿐이어서 서로 이야기할 기회도 없었는데, 아무도 모르는 사이에 방을 빼고 이사한 모양이다.

부엌을 보니 사에키가 바닥에 딱 달라붙어 걸레질을 하고 있다. 그 모습이 좀 전의 자신의 모습과 겹쳐져 자기도 모르게 못 본 척했다.

"잘 다녀오셨어요?" 하기에 "아, 네, 다녀왔어요" 하고 머리를 숙이자 사에키가 걸레질하던 손을 멈추고 일어섰다. 얼굴에 송골송골 땀방울이 맺혀 있고, 안경에는 하얀 김이 서려 있다.

"어, 저어, 니시자와 요시미 씨는 고데라 후카 씨랑 같이 어, 어, 식사를 만들어 드시나요?"

"네, 그런데요."

"저어, 그렇군요. 그게."

무슨 말을 하고 싶은 건지 의도 파악이 안 되어 신경질이 난다. 사에키는 평소에도 말을 명확하게 하지 않는다.

"저어 그게, 저도 같이 먹으면 안 될까요? 아, 아침만이라도."

의외의 제안에 당혹스러웠다. 사에키는 스위츠 에스테이트 직원인데 식사 멤버에 넣어야 할지 말지 잘 모르겠다. 왕 웨이가 친구와 함께 살던 것도 비밀에 부치고 있는 터라 사에키와 친하게 지내지 않는 편이 좋을지도 모른다.

새롭게 식사 멤버를 정하는 것은 대체적으로 후카여서 자신의 독단으로 정할 수는 없었다. 뿐만 아니라 사람 좋은 후카가 사에키에게는 좋은 감정을 가지고 있지 않은 것처럼 느껴졌다. 사에키의 허술한 청소, 남을 배려할 줄 모르는 점 등을 지적하는 일이 종종 있었다.

곧바로 대답하지 않았는데 사에키는 대답을 기다리는 것처럼 서서 이쪽만 보고 있다. 대답하기 곤란하다는 것을 좀 눈치채주면 좋을 텐데, 사에키에게 그런 능력은 없어 보인다.

"후카한테 한번 물어볼게요."

시선을 피하고 조그만 목소리로 대답했다.

"저, 정말요? 감사합니다. 혼자 먹는 것보다 같이 먹는 게 더 좋잖아요. 고맙습니다."

승낙한 것도 아닌데 김칫국부터 마시는 모습에 가슴이 뜨끔했다. 기본적으로 단순하고 선량한 성격일 것이다.

자기 방으로 돌아와 작은 창문을 열었지만 뜨거운 공기는 쉽게 빠지지 않았다. 문을 3분의 1만 열어 환기를 시켜주고 선풍기를 틀자, 그제야 조금 숨을 쉴 수 있었다.

차를 마신 후 오우사카 부인이 머메이드 서비스에 전화를 걸었는데 당일 시간 변경은 수포로 돌아갔다. 머메이드 서비스 측은 미리 예약한 시간보다 일찍 도우미를 퇴근시켜도 오후 5시까지 일한 걸로 쳐줘야 한다고 했다.

결국 요시미는 예정대로 5시까지 열심히 일했다. 근무를 마치고 업무 종료 사인을 요청하자 부인은 평소의 밝은 태도는 온데간데없이 요시미를 냉대했다.

자신이 실수를 한 것도 아닌데 직접 계약에 응하지 않았다는 것만으로 이런 대접을 받는다는 것이 서러웠다. 오우사카 부인의 자기 자랑이 짜증스러울 때도 있었지만 굳이 비교하자면 이 집은 그나마 좋은 직장이었는데, 앞으로는 발길이 무거워질 것 같다.

또 한 집, 주 2회 파견되어 가는 요요기우에하라의 고다 씨 댁은 요시미보다 젊은 부부가 사는 아파트인데, 육아 노이로제다 싶은 부인의 신경이 늘 곤두서 있었다. 부인의 성격이 지나치게 깔끔해서 화장실 청소를 하루에 두 번이나 한 적도 있다. 온종일 명령조로 지시를 내리는 것은 이혼한 남편과 꼭 닮아 있었다.

오우사카 씨네 집 근무시간이 다음 주부터 단축되면 난처해진다. 아르바이트를 또 하나 추가할 수밖에 없다. 요시미는 가사대행 서비스뿐만 아니라 마트 계산대에서도 일했다. 전에는 야간에 이자카야[2]에서도 일했는데 몸이 많이 상한 후 밤늦게까지 일하는 것은 삼가고 있었다.

선풍기 앞으로 가서 얼굴을 들이대고 피처폰을 체크하자 유토로부터 메일이 와 있었다.

-엄마, 할머니가 장 보러 가시면 전화할게.

그 메일에 마음이 들떴다. 전화에 착신 흔적도 보인다. 그러나 메일 수신과 전화 착신은 한 시간 전으로 그 30분 후에는 '할머니가 돌아오셨어'라는 메일이 와 있어서 낙담했다.

대기 화면으로 해놓은 유토의 사진을 보며 깊은 한숨을 내쉰다. 유토는 펭귄을 보고 환하게 웃고 있다. 그 시절의 유토는 아이다운 쨍하게 밝은 얼굴을 보이는 일이 드물었는데, 그날은 정말 즐거워보였다. 유토가 이런 부모한테서 태어난 것이 미안해서 가슴이 미어질 것 같았다.

---

2 술과 간단한 안주를 판매하는 선술집으로, 최근 일본의 이자카야는 대형 체인점이 증가하면서 술을 판매하는 식당처럼 변화하고 있다.

오늘은 유토가 간신히 시어머니 눈을 피해 메일을 보내왔는데, 오우사카 부인의 억지 때문에 열 받은 탓에 휴대폰 체크를 잊고 있던 자신에게도 화가 났다.

요시미의 남편이었던 시게루는 3년 전쯤 다니던 전기 회사에서 구조조정을 당했다. 실업 수당을 받으면서 구직활동을 했는데 자존심이 강해서 원하는 일을 쉽게 찾지 못했다. 그러자 원래 고압적이던 성격이 더 고압적이 되었다.

요시미는 스물세 살 때 나이가 세 살 위인 시게루와 결혼했다. 자상하고 수수한 분위기가 마음에 들었고 시게루도 요시미의 차분한 성격에 호감을 가졌다고 했다.

요시미는 고졸로 비정규 사무직으로 일하다가 결혼 후 시게루의 요청에 따라 일을 그만두었다. 시게루는 외아들이었다. 시어머니는 결혼생활까지 간섭해왔다. 특히 유토가 태어난 후부터 툭하면 집으로 찾아와 이것저것 잔소리를 늘어놓고 요시미의 부족함을 흠잡았다.

청소, 요리 등 모든 것을 세세히 체크하고 불평했다. 대졸인 자기 아들과 고졸인 요시미는 어울리지 않는다고도 수시로 얘기했다. 요시미는 시어머니에게 인정받으려고 육아와 가사 전반에 필사적으로 매달렸는데 아무리 노력해도 시어머니가 요시미를 칭찬하는 일은 없었다.

시어머니의 예민한 성격은 시게루에게도 유전이 되었는지 시게루는 집이 정돈되어 있지 않으면 불같이 화를 냈다. 어느 날은 선반을 열었는데 까만 볼펜과 빨간 볼펜이 분리되어 있지 않은 것을 보고 격분하여 선반 안에 있는 물건들을 다 집어던지기도 했다.

사귈 때부터 신경이 예민한 것은 알고 있었지만 그저 섬세하고 자상한 사람이라고만 생각했다. 그런데 함께 살아보니 하찮은 일에도 자주 화를 내고 끈질기게 요시미를 들볶았으며, 때때로 물건을 던졌다.

아이가 밤에 우는 것도 견딜 수 없었는지 시끄러워서 도저히 잠을 잘 수 없다며 종종 시댁으로 가기도 했다. 그런 다음 날은 시어머니한테 모유 질이 나빠서 아이가 밤새 운다는 둥, 아이가 까다로운 것은 요시미네 집안 탓이라는 둥 내내 시달려야 했다.

시게루는 자기 기분이 좋을 때만 유토와 놀아주다가 귀찮아지면 금세 모른 척했다.

"야, 누구는 좋겠다! 일 안 해도 되고."

시게루는 툭하면 아니꼽다는 듯 중얼거렸다. 아르바이트라도 하겠다고 하면 "유토가 천식이고 몸도 약한데, 이런 애를 두고 일하러 가겠다고? 말이 되는 소리를 해! 집에 있는 게 그냥 불만이구나" 하며 또 트집을 잡았다.

외아들 유토는 몸이 약해서 툭하면 열이 났고 천식도 있었다. 발작이 있을 때마다 응급실로 달려갔는데 시게루는 집에서 쉬면서도 함께 가지 않았다. 그러면서 유토가 천식이 있는 것은 요시미 가족의 유전자 때문이라고 몰아붙였다. 시어머니와 똑같은 대사였다. 그럼에도 미혼이거나, 기혼이어도 생활이 힘들어 맞벌이를 할 수밖에 없는 친구들과 비교하면 전업주부인 자신은 나은 편이라고 믿어왔다.

시게루가 자상할 때도 있었는데, 갑자기 케이크를 사와서 요시미 기분을 풀어주거나 옷이라도 사라고 매달 생활비 이외의 돈을 건네주기도 했다. 그런 시게루의 기분에 따라 요시미의 기분도 널뛰어야 했고, 그래서 항상 마음이 불편했다. 언제 또 돌변해서 물건을 깨부술지 모를 시게루의 태도 때문에 매일 신경을 곤두세우고 살아야 했다.

유토가 유치원에 들어간 지 얼마 지나지 않아 시게루는 구조조정을 당했다. 이후로는 더 이상 그의 자상한 얼굴은 볼 수 없었다. 작은 일에도 분노를 표출하기 시작했고, 요시미를 집요하게 추궁하는 일이 늘면서 유토마저 시게루의 안색을 살피며 전전긍긍하게 되었다.

어느 여름날 아침, 시게루는 아직 침실에 있었고 유토는 거실에서 볼륨을 낮춰 지브리 애니메이션 DVD를 보고 있었다. "엄마도 같이 보자"고 졸라서 요시미도 유토 옆에 앉았다.

30분쯤 지났을 때, 갑자기 등 뒤에서 살기가 느껴졌다. 뒤돌아보자 시게루가 핏발 선 눈으로 서 있었다.

"어, 일어났어요? 아침해야겠다."

말을 걸어도 시게루는 대답하지 않았다.

"토스트 먹을래요? 아니면 달걀이랑 햄이 있으니까 샌드위치를 만들까요?"

시게루는 피식 웃더니 "야, 요시미" 하며 끈적끈적한 눈빛으로 쳐다봤다.

심장이 두근거렸지만 "응, 뭐요?" 하고 아무렇지도 않은 척했다.

"내가 요즘 맨날 직장 구하느라 힘든 거 알지? 근데 애니메이션 같은 거나 보면서 놀고 있어? 나는 요즘 잠도 안 와."

평소보다 더 공격적이다. 그냥 DVD를 보고 있던 것뿐인데 괜히 트집 잡는 걸로밖에 들리지 않았다. 반론하고 싶은 것을 꾹 참고 "지금부터 만들게요" 하고 일어섰다.

샐러드와 샌드위치를 만들어서 들고 가자 시게루는 "이런 성의 없는 걸 누구보고 먹으라는 거야?" 하고 시비를 걸더니 어쩔 수 없다는 듯 먹기 시작했다.

그때, 인터폰이 울렸다. 등기우편이라고 한다. 우편물은 시게루 앞으로 온 내용증명이었다. 보내는 사람은 들어본 적이 없는 '라이트 온 컴퍼니'라는 회사였다. 수상했지만 시게루에게 그대로 건넸다. 시게루는 우편물을 흘낏 보고는 안색을 바꾸며 얼른 엉덩이 밑에 깔더니 샐러드를 먹기 시작했다.

"저, 뭐예요, 그거? 면접 결과가 이렇게 등기로도 오던가? 면접 결과치고는 좀 요란하네."

"아무것도 아니야."

"그래도 이런 등기가 흔한 일은 아니잖아요."

"아무것도 아니라고 했잖아."

갑자기 또 화가 난 목소리다. 유토가 몸을 움추리고 이쪽을 보고 있다.

요시미의 위험 센서가 작동한다. 단숨에 불안이 엄습해온다. 사소한 일이 아닐 것이다. 이대로 넘어갈 게 아니라 우편물에 대해 따져야 한다는 확신이 밀려들었다.

"아무것도 아니면 좀 보여줘요."

용기를 내서 달라붙었다.

"뭐야, 하늘 같은 서방님한테 그 태도는? 뭐가 그렇게 잘났어?"

시게루는 샐러드가 든 접시를 들더니 요시미를 향해 던졌다.

순간, 무슨 일이 일어난 건지 잘 파악이 되지 않아 멍하니 서 있었다. 멀리서 유토의 울음소리가 들려오고 나서야 제정신이 들었다. 이마에서 강한 통증이 느껴졌다.

접시가 깨진 채 바닥에 나뒹굴고 있었다. 유토와 함께 키운 미니 토마토와 상추, 오이가 여기저기 흩어져 있었다. 정신이 들고 나니 시게루는 거기 없었다. 문이 열린 침실을 봤는데 거기에도 없었다. 아파트에서 나간 모양이다.

유토가 뛰어왔다. 그때 접시 조각을 밟았는지 그 자리에서 넘어져 더 큰 소리를 내며 울기 시작했다. 황급히 유토를 일으켰다. 다행히도 살갗이 조금 까졌을 뿐이다. 엉엉 우는 유토를 꼭 끌어안았다.

'여기서 나가자.'

갑자기 그런 생각이 들었다.

이대로 가면 직접적인 폭력으로 이어질 게 분명했다. 오늘은 이전보다 더한 시게루의 광기를 엿봤다. 유토에게도 이런 환경이 좋을 리 없었다.

요시미는 한시바삐 짐을 챙기고 유토에게도 늘 쓰던 가방을 메게 했다. 시게루가 돌아오기 전에 도망쳐야 해서 정신이 없었지만 간신히 현관을 뛰쳐나와 도키와다이역에서 도부도조선 전철에 올라탔다.

료고쿠에 있는 친정에 갈까도 생각했는데 어머니가 시게루에게 연락할 게 분명했다. 이전에도 시게루가 화를 자주 낸다고 부모님에게 상의했을 때 아버지는 "분에 넘치는 집에 시집을 갔으니 바가지 긁지 말고 참고 살거라" 하고 말씀하셨다. 어머니는 "네가 태도를 고쳐서 네 서방이 화 내지 않게 잘 좀 해봐"라며 타이르셨다.

요시미의 친정은 요시미와 유토를 받아줄 여유가 있을 만큼 넉넉한 형편이 아니었다. 아버지가 회사를 그만두고 시작한 음료수 판매 사업에 실패한 후, 건강이 악화되어 일을 하지 못해 어머니는 불철주야로 아르바이트를 하셨다. 집도 비좁아서 가봐야 잘 곳도 없었다.

더운 날 잽싸게 뛰어서 올라탄 전철 차량은 약냉방차로 춥지도 않았는데 요시미는 온몸이 덜덜 떨렸다. 도망쳐 나오긴 했지만 어디로 가면 좋을지 몰라 극도의 불안감을 느꼈다. 떨리는 몸을 어떻게든 멈춰보려고 힘을 꾹 주며 좌석에 앉았는데 관자놀이 윗부분이 윙윙거린다. 아까 접시를 맞은 곳이다.

"엄마, 아파?"

유토가 고개를 갸우뚱하며 걱정한다.

"아니, 괜찮아."

미소를 지어 보였다.

"유토는 다리 괜찮아?"

"응, 엄마, 유토 어디 가는 거야?"

"어디로 갈까?"

"유토, 선샤인 수족관에 가고 싶어."

"그래? 거기 갈까?"

"수족관! 수족관!"

유토가 신이 난 목소리를 낸다.

이케부쿠로역에서 내렸다. 어제 슈퍼마켓에서 장을 본 후라 현금이 거의 없어서 은행 입출금기 코너로 갔다.

당분간 필요한 현금을 조금 넉넉하게 인출하려고 잔고 조회를 했다가 깜짝 놀랐다. 3일 전만 해도 30만 엔 가까이 있던 잔액이 거의 남아 있지 않았다. 이 계좌에 현금을 넣고 빼는 사람은 시게루와 요시미뿐이었는데 시게루가 다 빼낸 것이 분명했다. 걷잡을 수 없는 분노를 느꼈지만 어쩔 수 없는 노릇이다. 불안함과 초조함으로 심장이 평소보다 더 크게 두근거렸다. 숨을 고르고 여하튼 선샤인시티로 향했다.

수족관 입구에서 입장료를 지불하려고 하니 카드도 막혀 있었다. 고개를 떨구며 입장권 판매장을 벗어났다.

"유토야, 미안해, 수족관에 못 가게 되었어."

"왜?"

"응, 엄마가 돈을 깜박했네."

"엄마, 유토 돈 있어."

"응?"

"세뱃돈. 할머니가 주신 돈."

유토가 가방에서 기관차 토머스 그림이 그려진 지갑을 꺼내 요시미에게 준다.

"유토 돈이니까 유토가 써야지."

돌려주려고 하자 "엄마, 괜찮아" 하며 유토가 싱긋 웃는다.

"할머니가 또 줄 거야."

할머니, 그러니까 시어머니와는 앞으로 만날 수 없게 된다고 말하고 싶었지만 쓸데없는 얘기는 어린 유토에게 하고 싶지 않았다. 그냥 유토의 마음을 받기로 했다.

지갑에는 5천 엔짜리 2장과 천 엔짜리 7장, 총 만 7천 엔이 들어 있었다. 생각보다 돈이 많아 놀랐다.

"우리 유토, 부자네."

"할머니가 '엄마한테는 비밀!'이라면서 줬어."

그런 식으로 유토를 자기 맘대로 하려고 했던 걸 생각하면 이번에는 시어머니에 대한 분노가 치솟았다. 하지만 어쨌든 현금이 있어 다행이다.

"그럼 수족관으로 갈까?"

"응, 수족관! 수족관!"

유토가 제자리에서 방방 뛰었다.

선샤인 수족관에서 잠시 물고기들로부터 위안을 얻었다. 유토는 가장 좋아하는 펭귄을 보고 잔뜩 신이 나 있었다.

이케부쿠로의 맥도날드에서 햄버거를 먹으며 어디로 갈지 고민했다.

시게루는 왜 돈을 다 인출한 것일까?

요시미는 피처폰으로 인터넷에 접속해서 시게루에게 온 우편물을 보낸 '라이트 온 컴퍼니'를 검색해봤다. 검색 결과에 따르면 라이트 온 컴퍼니는 사채업자가 틀림없었다. 즉, 시게루는 사채업자한테서 돈을 빌린 것이다. 우편물은 그 독촉장이었다.

생활비 계좌에서 제멋대로 돈을 인출한 이유는 알 만했다. 대체 무엇에 돈을 썼을까? 여하튼 그런 남자한테서 도망친 것은 잘한 일이다.

그날은 유토의 돈으로 저렴한 비즈니스호텔에서 묵었다. 요시미는 인터넷으로 밤새 정보를 수집해 자신이 시게루로부터 당한 것이 가스라이팅이자 가정 내 폭력이란 사실을 확신했다. 참을 필요가 없었던 것이다. 곧 행정기관에서 운영하는 가정폭력지원센터에 연락해 보호소를 소개받았다. 이전부터 정보 파악을 해둔 점도 한몫했다.

일을 찾고 이사할 곳을 정했는데 혹시라도 시게루가 찾아올까 봐 주민등록은 옮기지 못했다. 그러던 중 상담원의 조언에 따라 조정 이혼 준비를 시작했다. 그러나 이혼은 거절당했다. 시게루는 이혼해줄 수 없다며, 꼭 이혼을 하고 싶으면 친권을 내놓고 나가라고 주장했다. 사채업자에게 빚진 이야기도 했는데 그건 시어머니한테 빌려 이미 돈을 다 갚았다고 한다. 빚은 휴대폰 게임 과징금 탓이었다. 직장에서 잘린 후 일을 알아보겠다고 하고는 그동안 게임에 푹 빠져 지낸 것이다.

요시미는 유토를 무허가 어린이집에 맡기고 일했고 유토를 재운 후에도 다시 일하러 나갔다. 아침부터 밤까지 일해야 했다. 가장 먼저 취직이 된 규돈 체인점과 이자카야, 두 곳에 다녔다. 유토는 어린이집에도 금세 적응했다. 요시미에게 걱정을 끼치고 싶지 않은지 아빠 얘기는 꺼내지도 않고, 집에 잘 없는 요시미에게 투정을 부리지도 않았다. 기특한 유토가 사랑스러우면서도 가슴 한쪽이 시렸다.

유토와 둘만의 생활은 현실적으로 쉽지 않았다. 유토는 자주 천식 발작을 일으켰는데 사는 곳을 들킬까 봐 건강보험도 사용하지 못해서 병원비가 큰 부담이 되었다. 그래서 되도록이면 집에서 나올 때 가져온 흡입기로 어떻게든 버텨보려고 했다. 그러던 어느 날, 집을 나온 지 3개월 후 유토가 어린이집에서 큰 발작을 일으켜 구급차로 병원에 실려 갔다. 어린이집 측에서 요시미에게 연락을 했지만 휴대폰이 진동모드여서 받지 못했다.

나중에 음성사서함을 듣고 달려왔을 때는 이미 응급실에 시어머니와 시게루가 도착한 후였다. 어린이집 직원이 요시미한테 연락이 안 되자 유토 가방 안쪽에 매직으로 적혀 있던 전화번호로 연락을 한 것이다. 남편과 살던 아파트의 전화번호가 적혀 있었다. 경솔했다.

시어머니는 요시미를 보자마자 "이 도둑년!"이라며 욕설을 퍼부었다. 시게루도 입술을 일그러뜨리고 요시미를 노려봤다.

"어쨌든 유토는 우리가 데려갈 테니까 그리 알아. 어머니가 키울 거야."

시어머니는 당장 여기서 나가라며 그 밉살스런 얼굴을 있는 대로 찌푸렸다.

요시미는 수액을 맞고 잠든 유토에게 마음속으로 이별을 고하고 병원을 나왔다. 유토의 건강을 생각하면 물러날 수밖에 없었다. 매일 밤 눈물로 지새웠지만 정식으로 친권을 가져오는 수단을 강구해야 했다.

그러나 이혼 재판에서 요시미는 친권을 인정받지 못하고 혼자가 되고 말았다. 그렇게 요시미는 유토와 두 사람이 살던 아파트에서 나와 셰어하우스로 옮기게 되었다. 유토와 시게루는 다이타바시의 시댁으로 들어가 살았다. 유토가 사는 곳에서 조금이라도 더 가까운 곳에 있고 싶어서, 그 주변에서 값싼 집을 찾다가 전철역으로 하나 떨어진 메이다이마에역 티라미수 하우스를 찾아냈다. 보증금도 따로 낼 필요가 없어서 이사 비용은 거의 들지 않았다. 요시미는 조금이라도 돈을 모아 친권소송을 시작할 생각이다. 과로로 몸이 상한 적도 있었지만 포기하지 않을 작정이다.

시어머니로부터 아이폰을 선물 받은 유토는 숨어서 엄마에게 메일과 전화를 해온다. 유토는 아빠 휴대폰을 훔쳐보고 엄마의 메일주소와 전화번호를 알게 되었다고 한다. 아직 초등학교 1학년인데 자기 자식이지만 참 영악하다고 감탄했다.

시부모님은 시아버지의 퇴직금과 연금으로 유유자적 생활하고 있었다. 돈이 좀 있어서 유토한테 무엇이든 사주는 모양이었다. 엄마가 보고 싶다고는 하지만, 하고 싶은 대로 다 해주는 할아버지, 할머니랑 살며 점점 어리광쟁이가 되어가는 것 같아 요시미는 위기감을 느꼈다. 친권을 주장해도 유토가 그들과 살고 싶다면 어찌할 도리가 없기 때문이다.

유토의 천식은 여전해서 두 달 전에도 발작을 일으켜 입원했다. 그때 병원에서 전화를 걸어온 유토는 "엄마도 아이폰이면 화상통화할 수 있을 텐데"라고 말했다.

선풍기에서 얼굴을 뗀 요시미는 열어두었던 문을 닫고 가방 안에서 진한 핑크색 커버로 덮힌 아이폰을 꺼냈다. 히로시마로 돌아간 후루하타 이쓰키의 것이다.

그녀는 늘 이 휴대폰을 끼고 살았다. 부모님하고도 매일 연락을 주고받는다고 했다. 요시미는 함께 식사를 하며 옆에서 이쓰키가 비밀번호를 누르는 것을 보고 '8325'라는 번호를 외워버렸다. 그러던 어느 날 밤, 이쓰키가 거실에 있는 상 위에 아이폰을 올려둔 걸 보고 슬쩍한 것이다.

페이스 타임이라는 기능으로 유토와 얼굴을 보며 이야기하고 싶었다. 단 한 번이라도 좋았다. 유토 얼굴을 보고 싶었다!

유토와 전화한 후 이력을 삭제하고 돌려줄 생각이었는데 전화 걸 기회가 쉽게 찾아오지 않았고, 그러는 사이에 이쓰키에게 돌려줄 기회를 영영 놓쳐버렸다. 처음에는 거실 찬장 위에 슬그머니 올려둘 예정이었다. 그런데 유토와 통화를 하려고 하자 이쓰키의 아이폰 계약이 해제되어 사용할 수 없었다.

이쓰키에게 나쁜 감정이 있는 건 아니다. 다만 고생 한번 안 하고 큰 이쓰키에게 딱히 미안한 감정도 생기지 않았다. 그녀는 지금쯤 새 스마트폰을 샀을 게 분명하다. 요시미처럼 1엔도 아까운 사람과는 달리 이쓰키에겐 스마트폰 하나쯤은 별것도 아닐 것이다. 오우사카 씨처럼 이쓰키네 집도 개인병원을 한다는 사실을 알게 된 후 자책감도 줄어들었다. 다른 주민들이 의심받는 것은 마음에 걸리지만 이쓰키의 아이폰을 기억하는 사람은 아무도 없을 것이다.

아니, 아무리 그래도 훔쳐서 좋을 건 없다. 유토 앞에서 떳떳하게 살아가려면 해서는 안 될 짓이었다.

아이폰을 주머니에 넣고 자기 피처폰를 폈다. 대기 화면에 있는 유토의 사진을 한번 더 보고 유토의 온기를 떠올리려고 했다. 일을 마치고 난 아침에야 원룸 아파트로 돌아가 곤히 잠든 유토 옆에 누웠다. 유토 옆에 앉아 밤새 땀을 흘린 유토를 부채질해주곤 했다.

그후 요시미가 면회를 신청해도 시어머니가 허가하지 않아 반년 이상 유토를 만나지 못했다. 초등학교 교문 앞에서 슬그머니 기다리다가 멀리서 책가방을 멘 모습을 엿본 것이 지난달이다. 다시 한번 유토를 이 손으로 안아볼 수 있을까? 눈물로 화면이 흐려진다. 손으로 눈을 세게 비비고 시계를 보자 오후 7시가 넘어 있었다.

요시미는 저녁 준비를 하러 계단을 내려갔다. 부엌에 아무도 없는 걸 확인한 후, 이쓰키의 아이폰을 주머니에서 꺼내 찬장과 벽 사이 틈새에 집어넣었다. 안쪽에 죽은 바퀴벌레가 누워 있어서 깜짝 놀랐지만 그냥 모른 척했다.

부엌에서 양배추를 채 치고 있을 때 "오늘 메뉴가 뭐였죠?" 하고 후카가 다가온다.

"돼지고기 생강구이."

로스가 아니라 가격이 싼 자투리 고기를 사 와서 굽는다.

"와, 기대된다! 요시미 언니 요리는 정말 다 너무 맛있어요."

이렇게 즐거워해주는 사람이 있다는 것에 보람을 느끼고 있다.

입이 짧은 유토를 어떻게든 먹여보려고 여러 가지 메뉴를 고안한 덕분이다. 유토는 햄버그스테이크를 좋아했다. 유토와 함께 고기를 빚어 햄버그스테이크를 만들던 날들이 떠오른다.

“요시미 언니, 저도 할게요.”

후카가 접시를 가져온다.

“어, 그래, 그리고 후카, 사에키 씨가…….”

후카가 눈썹을 실룩였다.

“사에키 씨가 뭐래요?”

“같이 밥 먹는 데 끼워달래.”

“음, 그건 좀.”

역시 난색을 표한다.

“아침이라도 같이 먹고 싶대.”

사에키의 천진난만한 얼굴이 떠올랐다.

“근데 그게 아침만 먹으면 비용 계산도 복잡해지는데.”

“그건 그래…….”

어떻게 사에키에게 거절하면 좋을지를 생각하면 우울했다. 그녀는 설마 거절당하리라곤 상상도 못할 것이다.

“그럼 그냥 같은 상에서 먹어요. 혼자 먹으면 외로우니까.”

사에키는 눈치를 보는지 요시미와 후카가 식사할 때는 거실 근처에도 얼씬거리지 않았다. 그렇게 생각하니, 둔감해 보이지만 사에키 나름대로 이것저것 신경을 쓰고 있는지도 모른다.

“음, 식탁만 공유하는 거면 뭐…….”

후카는 어쩔 수 없다는 듯 말했지만 “맨날은 아니에요” 하고 못을 박았다.

저녁을 차려 후카와 둘이 먹고 있을 때 사에키가 돌아왔다.

“저, 사에키 씨, 아까.”

요시미가 이야기하려고 하자 후카가 끼어들어 "사에키 씨" 하고 큰 소리로 불렀다.

"식사 말인데, 아침밥만 같이 먹으면 돈 계산이 복잡해요. 그래서."

"아. 그래요? 그럼 저, 저도 가능한 한 저녁도 함께 먹을게요."

사에키는 제멋대로 자기에게 유리하게 해석한 모양이다.

"그게 아니라."

"저, 잔업도 있어서 매일 같이 먹지는 못할 거예요."

"그건 다 그래요."

만면에 웃음을 띤 사에키에게 후카도 더 이상 할 말이 없어 보인다.

"잘 부탁드립니다. 시간이 나면 저도 같이 장 보러 갈게요."

"어, 응."

후카는 이제 거절하는 걸 포기한 것 같다.

요시미는 사에키가 추가된 것이 반가웠다. 사람이 늘면 한 사람당 부담하는 식대는 줄고, 만드는 보람은 커진다.

"오늘은 도시락을 사 왔어요. 여기서 같이 먹어도 돼요?"

"물론이죠. 그렇게 해요."

후카가 대답하기 전에 요시미가 대답했다.

"된장국이 조금 남았는데 먹을래요?" 하고 덧붙였다. 슬쩍 곁눈질로 본 후카 얼굴은 조금 화가 난 표정이다.

"와아, 고맙습니다."

사에키는 몹시 기뻐 보인다.

된장국을 사에키에게 퍼주고 셋이서 상에 앉았다.

"저, 그게, 또 수상한 남자를 봤다고, 후카 씨가 말씀하셨죠?"

사에키가 물었는데 후카는 "내가 잘못 본 걸 수도 있어요" 하고 무뚝뚝하게 대답했다.

"어, 그래? 아직도 있었어? 그럼 이쓰키를 찾아온 사람이 아닌가 보네. 어후, 기분 나빠."

요시미가 말하자 후카는 "어쩔 수 없어요. 그런 사람도 있으니까" 하고 대충 얼버무렸다.

"여기는 다들 무슨 사정이 있으니까 누구를 찾아와서 알짱대는 건지 알 수 없지요. 혹시 또 무슨 빚쟁이 같은 건지도 모르지. 아무도 안 사는 옆집도 좀 이상해 보이고. 아, 수상한 사람이니까 어쩌면 그냥 변태 아닐까요? 뭐 여하튼 나랑 사에키 씨, 그리고 사쿠라도 타깃은 아니겠지만 밖이 캄캄하면 또 모르지. 하여튼 사에키 씨, 잘 좀 부탁해요."

후카는 그렇게 말하고 밥을 먹었다. 평소보다 쌀쌀맞은 태도다.

"저어, 그게, 수, 수상한 사람 건은 사장님한테도 전했습니다. 저도 되는대로 그, 저어, 조, 조심해서 주변을 잘 살펴보겠습니다."

사에키는 걱정스러운 듯 대답했다.

평소 수다스러운 후카가 그 뒤로 아무 말도 하지 않았다. 대신 사에키가 다음 행사에 대해 이야기하기 시작했다. 셰어하우스 주민들끼리 불꽃놀이를 보러 가자는 것이었다. 행사를 좋아하는 후카가 이번에는 아무 반응이 없다. 안쓰러울 정도로 후카의 표정을 살피는 사에키가 불쌍해져서 요시미는 맞장구라도 쳐주려고 했다.

그때 다인실 문이 열리고 사쿠라가 돌아왔다.

"잘 다녀오셨어요?"

사에키가 인사를 하자 사쿠라는 놀란 눈으로 이쪽을 본다. 그 손에는 비닐봉지가 들려 있다.

“어, 저어, 일은 찾으셨어요?”

사에키의 질문에 사쿠라는 “어, 응, 아직……”이라고 대답한다. 후카가 말을 걸 때는 항상 무시하는데 사에키한테만 대답을 하는 것이 이상했다.

“저, 사쿠라 씨도 여기서 같이 드세요. 저어, 있잖아요. 사장님도 말이죠, 항상 말씀하시는데 주민들 사이에 대화가 중요하다고, 음, 저어, 그게, 때로 생각지 못한 힘이 된다고…….”

“저는 됐어요.”

사쿠라는 사에키에게 약점이라도 잡힌 사람 같다.

“에이, 그러지 마시고 같이 먹어요. 저어, 서로 어렵고 힘든 일이 있으면 그, 그게 서로 도와가면서, 저어, 그, 어, 사장님이 그러시는데.”

사쿠라는 바닥만 보고 “그래도 좀” 하며 얼버무린다.

“사쿠라, 무리할 거 없어.”

후카가 끼어들자 사쿠라가 얼굴을 든다.

“됐다고. 같이 먹는다고 밥이 맛있어지는 것도 아니잖아.”

가시 돋친 발언이 후카답지 않다. 밝고 친절한 면과 신랄한 면, 어느 쪽이 후카의 본성일까.

“사쿠라 씨, 저어, 너무 주눅 들지 마세요. 저어, 아, 그래요, 우리 당당하게 삽시다!”

요시미는 사에키의 의도를 알 수 없었다. 후카도 눈썹을 찌푸린다. 사쿠라는 불안한 표정이 된다.

“사에키 씨, 저어, 그건…….”

사쿠라가 초조한 표정을 보인다.

"저어, 기초생활수급자라는 거, 그게, 여기서는 그렇게 부끄러울 일도 아니잖아요. 다들, 그러니까, 뭐 여러 사정이 있으니까요."

사에키가 뭣 모르고 그 사실을 내뱉은 순간, 사쿠라의 표정이 얼어붙었다. 후카도 고개를 갸우뚱한다. 요시미도 잘못 들었는 줄 알았다.

사쿠라는 잠시 고개를 숙이고 바닥만 보더니 티라미수 하우스에서 뛰쳐나갔다.

"생활보호 말하는 거예요?"

"어, 저어, 그, 여러분이 아시는 줄 알았어요."

사에키는 된장국을 들이키고 말을 이어갔다.

"제가 살던 곳, 아파트 단지였는데 거기에는 그런 사람 투성이였어요. 그래서 그런데 여기 살면서 저어, 기초생활수급자라고 주눅 들어 살 필요는 없잖아요? 그러니까 다 같이……, 어, 그게, 사이좋게 도우며 삽시다."

사에키는 정말로 사심 없는 천진한 얼굴로 말했다.

"근데 사쿠라가 생활보호를 받는다니, 거참. 그런 주제에 왜 그렇게 까다롭게 구는 거야? 성질도 나쁘고. 기초생활수급자면 좀 더 겸손해야 되는 거 아니야?"

후카는 작게 고개를 흔들었다.

요시미는 입을 다물고 있었지만 점점 부아가 치밀었다. 유토와 둘이 살았을 때 요시미는 아침 일찍부터 밤늦게까지, 말 그대로 쓰러지기 직전까지 참고 또 참으며 일했다. 유토와 떨어져 사는 지금도 겨우 생계를 연명할 따름이다. 하지만 생활보호를 받아야겠다고 생각해본 적은 한 번도 없었다. 혼자 어떻게든 이 상황을 견뎌보자고 단단히 마음을 먹고 열심히 살아왔다.

그런데 매일 도시락을 사다 먹고 절약에는 관심도 없으며 잠만 자고 게으른 데다 성격도 고약하고, 딸린 가족도 없으며 건강하고 나이도 요시미보다 어린 사쿠라가 기초생활수급자란 사실을 용서할 수 없었다. 사쿠라의 생활비는 요시미처럼 죽기 살기로 일하는 사람들의 쥐꼬리만 한 급여에서 떼어간 세금으로 지급되는 것이다.

혹시 부정수급이 아닐까?

아니, 그럴 리는 없겠지만 사쿠라를 생각하면 분노를 감출 수 없었다.

밥을 먹는데 마치 모래를 씹는 것 같았다. 짭짤한 돼지고기 생강구이가 심심하게 느껴졌다.

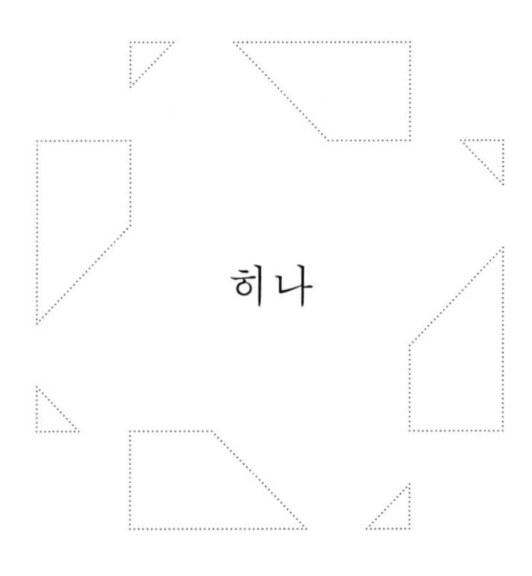
히나

연일 폭염이 계속되고 있었다. 사에키 히나는 더위를 먹을 것 같았다. 사무소와 셰어하우스 청소도 피곤했고 집 보러 오는 사람들을 일일이 안내하는 일도 체력을 소모시켰다. 보고서를 쓰고 사무를 보고 이른 아침부터 늦은 밤까지 할 일이 산더미처럼 쌓여 있었다. 풀타임으로 근무하는 힘겨움을 매일 실감했다.

티라미수 하우스 주민들도 더위를 견디지 못하고 집안에서 유일하게 냉방장치가 갖춰진 거실로 자꾸 몰려들었다. 외출할 때 외엔 자기 침대에서만 콕 박혀 지내는 시모야마 사쿠라와, 밤늦게 들어왔다 새벽같이 나가는 왕 웨이는 좀처럼 얼굴을 비추지 않았지만 후카는 온종일 거실에서 지냈다. 커튼을 열어둬도 자기 침대까지 냉기가 들어오지 않는다며 잠도 거실에서 잤다.

주민이 거실에 있는 동안은 에어컨을 틀어야 했기 때문에 전기세도 부담되었다. 절약에 힘쓰라는 이소노 사장의 지시가 떨어졌는데 수행하기가 쉽지 않은 미션이다. 히나가 에어컨을 꺼봤자 금세 또 누군가가 다시 켤 게 분명했기 때문이다. 사실 에어컨이 꺼져 있으면 무더위로 인해 숨도 쉴 수 없으니 어쩔 수 없는 노릇이었다.

오늘도 오전 7시 반에 요시미, 후카, 히나 셋이서 아침을 먹으려고 자리에 앉았을 때 이미 기온은 30도에 가까웠다. 성능이 떨어지는 오래된 에어컨이 "위잉 위잉" 소리를 내며 돌았다. 근처에 있던 리모컨을 확인하자 냉방은 '강'으로 풀가동 중이었다. 아무도 안 볼 때 '중'으로 바꾸려고 포크를 든 왼손으로 슬쩍 리모콘을 자기 옆에 놓았다.

"사에키 씨 포크 잡는 법이 좀 이상해요. 젓가락도 그렇지만."

후카의 말에 흠칫했다.

"아, 네, 그, 그게, 감싸 쥐는 게 버릇이 돼버려서."

주변에 포크와 젓가락 쓰는 법을 가르쳐주는 사람이 아무도 없어서 중학생이 될 때까지는 자기 방식이 잘못됐다는 것도 몰랐다. 그래서 조금이라도 방심하면 금세 못된 버릇이 나온다.

"아, 참, 사에키 씨, 오늘 집 보러 올 사람이 있다면서요?"

"아, 네, 오, 오전과 오후에, 저, 한 건씩, 아, 안내할 거예요."

"흐음, 그러면."

마가린을 바르며 후카가 질문했다.

"팬티는 넣어두는 게 좋겠죠?"

"아, 네. 그게 좋겠어요. 그러는 편이……."

후카가 귀찮다고 혼잣말을 하며 식빵을 던지듯 접시 위에 놓고 일어섰다. 아까 야근을 해서 졸린다고 했는데 그래서 기분이 나쁜 건지도 모르겠다. 그러다 커튼을 열고 나오던 사쿠라와 부딪쳤다. 왜소한 체구의 후카가 휘청거린다.

"앗."

후카는 부딪힌 오른팔을 쓰다듬으며 "조심 좀 해" 하고 쌀쌀맞게 군다.

"미안!"

사쿠라는 큰 몸을 움츠리며 머리를 조아렸다.

"아, 진짜."

후카는 화가 난 얼굴로 자기 침대 커튼을 열고 팬티를 옷걸이째 가져와 던져버렸다. 그리고 다시 금세 식탁으로 돌아와 빵에 마가린을 바르기 시작했다. 요시미도 시선을 바닥으로 떨어뜨리고 토스트를 입으로 가져간다.

사쿠라는 애절한 눈으로 히나 쪽을 쳐다본다. 히나는 어떻게 하면 이런 어정쩡한 분위기를 바꿀 수 있을지 필사적으로 고민했다. 사장은 항상 주민들과 의사소통이 잘되게 신경 써라, 그러라고 사원이 함께 사는 거라고 말해왔다.

"저어, 사, 사쿠라 씨, 여기서, 아, 아침 같이 먹어요."

그렇게 권하자 요시미와 후카가 히나를 날카로운 눈으로 노려봤다. 사쿠라는 두 사람에게 압도당해 그 자리에서 선 채로 굳어버렸다.

"잘 먹었습니다. 들어가서 잘게요."

후카가 토스트를 입에 문 채 일어나 사쿠라 옆을 지나쳐서 자기 침대로 들어갔다. 어리둥절한 히나를 두고 요시미도 먼저 일어나겠다며 자리를 뜬다. 토스트는 3분의 1밖에 먹지 않았다. 상 중앙에 놓인 달걀 프라이와 마요네즈를 뿌린 오이 슬라이스에는 두 사람 다 손도 대지 않았다.

"저어, 아직 많이 남았어요."

"사에키 씨가 먹어요. 미안하지만 설거지도 부탁할게요."

요시미는 허둥지둥 계단을 올라가 버렸다. 히나는 자신이 사쿠라에게 아침을 먹자고 한 것이 현명한 선택이 아니었음을 드디어 알아차렸다. 자신은 애써 배려한 건데 왜 늘 이런 결과가 나오는지 서글퍼진다. 식빵을 입안에 넣고 고개를 떨궜다.

사쿠라는 소리를 죽여 "사에키 씨" 하고 히나를 불렀다. 잔뜩 인상을 쓰고 있다. 쓸데없는 짓을 했다고 화를 내려는 걸까?

꿀꺽. 빵을 서둘러 삼켰다.

"사쿠라 씨, 뭔가 죄송해요."

사과를 했는데 사쿠라는 여전히 떨떠름한 표정이다.

"이따 사람이 올 건데."

그렇게 말하는 사쿠라를 보자 그녀는 화가 났다기보다 긴장한 것 같은 표정이었다.

"어, 그래요? 저, 여자 맞죠? 뭐 남자도 가족이라면 찾아올 수 있지만."

"아, 그게, 그게 아니라."

사쿠라는 작은 한숨을 쉬었다. 히나는 말없이 그녀의 말을 기다렸다.

"여기선 좀 말하기가 힘드네요."

사쿠라는 후카의 침대를 곁눈질한 뒤 문을 열고 현관 쪽으로 갔다. 히나가 따라가자 사쿠라는 신발을 신고 현관 밖으로 나갔다.

밖은 쾌청하고 햇빛이 강했다. 오늘은 더 더울 것 같다. 그늘진 곳으로 간 덕분에 그나마 햇볕을 피할 수는 있었지만 에어컨을 켠 거실과 비교하면 몹시 더웠다. 일부러 여기까지 와서 해야 할 이야기라니, 뭘까?

"남자 사회복지사가 올 예정이어서……."

사쿠라는 고개를 숙이고 자그마한 목소리로 말했다.

"아, 사회복지사요?"

할아버지와 함께 살 때 생활보호를 받은 적이 있어서 사정을 금방 이해할 수 있었다. 기초생활 수급자는 정기적으로 사회복지사의 방문을 받아야 한다.

"어, 그럼 몇 시쯤 오시나요?"

"열 시요."

아까부터 사쿠라는 바닥만 보고 있다.

"어어, 그럼, 저어, 그 시간엔 다른 셰어하우스 먼저 안내하고 올게요. 남자지만 어, 사회복지사라면 괜찮아요."

"고맙습니다."

사쿠라가 가볍게 묵례를 하고 고개를 들다가 히나와 눈이 마주친다. 사쿠라는 눈을 피해 "그래서" 하고 덧붙였다.

"아, 네. 뭡니까?"

"기초생활수급 건은 다른 사람들한테 말 안 했으면 하는데."

"저어, 아, 죄, 죄송합니다."

서둘러 머리를 숙였다.

사쿠라는 아무 말도 없이 미닫이문을 열고 들어가려고 했다.

"저, 사쿠라 씨."

이름을 부르자 사쿠라는 뒤돌아봤다.

"저, 제가, 할아버지랑 살았을 때 기초생활수급을 받았어요. 아파트 단지에도 그런 사람들이 많았고, 제 친구도 그랬고요……."

"우리집도 기초생활수급을 받았는데 주변 사람들 눈총이 따가웠어요. 학교에서 왕따도 당했고요. 여기 사람들도 기초생활수급자란 걸 안 순간 태도가 변했잖아요. 아까도 그렇고."

눈물을 글썽이며 목 메인 소리로 말하는 사쿠라를 보고 히나는 당황했다.

"아, 그게, 저어, 그러려고 그런 게 아니라, 저……."

"편의점 좀 갔다 올게요."

사쿠라는 뛰어나갔다. 히나 때문에 사쿠라가 상처받은 것은 알겠는데, 그럼 앞으로 어떻게 하는 것이 현명한 방법일까? 이미 폭로한 사실을 이제 와서 주워 담을 수도 없었다.

히나는 우울한 마음으로 거실로 돌아간다. 식욕은 없었지만 다 식은 토스트와 달걀 프라이를 먹으려고 했다. 오이는 좋아하지 않지만 어쨌든 지금 조금이라도 많이 먹어두면 점심 식비를 줄일 수 있을 것이다. 여하튼 조금이라도 돈을 모으고 싶다. 그래서 최저한도의 생활비만 빼고 모두 저금하고 있었다.

딱딱하게 굳은 토스트를 먹으며 자신은 왜 이리 눈치가 없을까 한탄했다. 그치만 솔직하게 터놓고 말하자면, 눈치가 있다는 건 또 무엇일까? 알 수 없는 일이 너무 많았다.

고교를 중퇴한 히나의 엄마 안나는 열일곱 살에 히나를 임신했다. 아빠가 누구인지 확실하지 않다고 했다. 히나[1]라는 이름을 붙인 사람은 엄마였는데 그 귀여운 이름과 외모와의 차이 때문에 종종 민망한 일도 겪었

---

1 병아리 또는 '작고 귀엽다'는 의미를 가진 일본어다.

다. 심한 사람은 '히나'라는 이름을 듣자마자 쓴웃음을 짓거나 피식 웃기도 했다.

엄마는 히나를 낳고 나서 외할머니에게 히나를 맡겨두고 놀러 다니다가 또 임신을 했다. 히나가 두 살 때였다. 외할머니는 이혼을 하고 기타센주에서 작은 옷가게를 하셨는데 히나를 업어 키웠다고 하신다. 외할머니는 자기 딸은 포기했지만, 손녀에겐 죄가 없다며 보살펴주셨다.

이번에는 상대방 남자가 누구인지 명확한 까닭에 엄마는 혼인신고를 하고 히나를 데리고 친정을 나왔다. 그리고 그 남자와 함께 새로운 생활을 시작했다. 남자는 엄마보다 세 살쯤 많았는데 일용직 건설 노동자로 일했다. 정확하지는 않지만, 그 남자는 화를 잘 내고 가끔 폭력을 휘둘렀다. 히나와 남동생 레이를 때리는 일도 있었다고 한다. 엄마는 처음에는 참았는데 히나가 다섯 살이 되었을 때 견디지 못하고 애 둘을 데리고 집을 뛰쳐나왔다. 처음에는 친정으로 돌아갔는데 남자가 찾아오는 바람에 또 도망쳐야 했다. 주민등록을 친정에 둔 채 도쿄 여기저기를 전전했다. 엄마는 일을 하는지 놀러 다니는지 알 수 없었지만 어쨌든 히나와 레이를 방치한 채 싸돌아다녔다. 잘 모르는 사람 집에 임시적으로 맡겨진 적도 있었다. 지금 생각하면 러브호텔 같은 어두운 숙소에 남겨졌던 일도 어렴풋이 기억이 난다.

심심해도 외출은 금지였다. 엄마가 두고 간 컵라면과 빵을 먹으며 지내다가 다 떨어지면 배고픔을 감수해야 했다. 3년 정도 그런 생활을 하다가 드디어 이혼을 한 엄마는 히나와 레이를 데리고 기타센주 친정으로 돌아갔다. 외할머니 집에 돌아갔을 때는 히나도 레이도 충치가 심각한 상태였다.

그때 히나는 벌써 여덟 살이었다. 하지만 유치원에도 초등학교에도 다녀본 기억이 없었다.

히나는 외할머니 집에서 살기 시작한 후 처음으로 초등학교에 다니게 되었다. 2학년 학기 말로, 글자를 전혀 모르는 히나는 수업을 하나도 이해할 수 없었다. 칠판의 글자도 잘 보이지 않았다. 반 아이들과도 어떻게 사귀어야 할지 몰라 친구도 없었고 학교를 자주 쉬게 되었다. 한편 레이는 어린이집에 들어갔는데 처음에는 불안 증세가 심해서 친구를 갑자기 때리는 등 문제 행동을 일으켰지만 조금씩 적응해갔다.

엄마는 애들을 친정에 맡기고선 화려하게 치장을 하고 또 싸돌아다니기 시작했다. 집에 없는 날이 많아지고 히나와 레이에게도 관심을 보이지 않았다. 그래도 외할머니는 자상하셔서 학교에 안 가는 히나를 혼내지도 않고 언제나 가느다란 팔로 꼭 안아주셨다. 그런데 엄마가 히나를 안아준 기억은 전혀 없다.

외할머니 집으로 돌아간 지 반년 후, 엄마는 결국 히나와 레이를 두고 새로운 남자와 집을 나갔다. 그 후 엄마의 행방은 묘연하다. 그날 이후로 한 번도 만나지 못했다.

히나의 기억 속에 있는 엄마는 아름답게 화장을 하고 머리를 밝은 색으로 염색한 젊은 여자다. 엄마라곤 하지만 남과 다를 바 없다. 그리움이나 애틋한 감정이 솟아나는 상대는 아니다.

외할머니는 엄마의 행방을 수소문했지만 엄마는 쉽게 모습을 드러내지 않았다. 히나가 초등학교 5학년이 되었을 무렵, 외할머니는 앓아 누우셨다. 히나는 살이 쪽 빠진 할머니 곁을 온종일 지켰다.

6학년이 된 어느 봄날, 외할머니가 입원하시고 집에는 남매 둘만 남게 되었다.

옷가게 옆에 있는 빵집 다나베 부부가 히나와 레이를 안쓰럽게 여겨 남은 빵을 주거나 식사를 챙겨주었다. 중년 부부는 아이가 없어서 히나와 레이에게 전부터 신경을 써주고 자상하게 대해준 사람들이었다.

외할머니가 입원하시고 2주일쯤 지나, 다나베 아저씨가 히나를 병원으로 데려갔다. 다나베 아저씨는 히나와 외할머니를 배려해 잠시 둘만 남겨두고 자리를 떴다. 외할머니는 히나의 손을 꼭 쥐었다. 외할머니의 팔에는 수액이 꽂혀 있었다.

"미안하구나."

"뭐가요?"

"내가 안나를 저렇게 키워서 너희들이 이렇게 힘든 생활을 하니까."

"외할머니가 계셔서 괜찮아요."

외할머니는 눈을 감고 잠시 생각에 빠진 후 "히나야" 하고 부르셨다.

"다나베 아저씨가 너희를 외할아버지 집으로 데려다주실 거야."

"외할아버지요?"

"그래, 외할아버지."

외할머니는 진지한 표정을 지으셨다.

"연락해뒀으니까 짐을 싸서 레이랑 같이 외할아버지 댁으로 가렴."

"싫어요. 할머니랑 있을래요."

히나는 외할머니의 종잇장 같은 몸에 달라붙었다. 외할머니는 히나의 머리를 쓰다듬어주셨다.

"할머니도 히나랑 레이랑 계속 같이 살고 싶어."

"근데 왜 할아버지한테 가라고 하세요?"

히나가 얼굴을 들자 외할머니의 눈가에는 눈물이 맺혀 있었다.

"이 할미가 몸이 많이 아파서 히나랑 레이를 더 이상 키울 수가 없어."

"다 나을 때까지 제가 레이를 잘 돌볼게요. 제가 뭐든 다 할게요. 할머니가 병원에서 돌아오시면 제가 도울게요."

"히나야, 미안해. 이 할미 병은 낫지 않는 병이란다."

외할머니는 눈을 감았다. 눈을 감는 바람에 눈가에 맺힌 눈물방울이 주르륵 떨어졌다. 히나는 아무 말도 할 수 없었다.

"자, 얼른 가려무나."

외할머니는 눈을 감고 조용히 말하며 히나의 손을 놓았다,

"할머니!"

히나가 아무리 외쳐 봐도 외할머니는 눈을 감은 채 히나에게서 등을 돌리고 있었다.

"할머니, 할머니!"

몸을 흔들어 봐도 소용이 없었다.

히나는 울고 싶은 걸 애써 참았다. 바닥만 보고 터벅터벅 걸으며 병실 밖으로 나왔다.

외할머니의 모습을 본 것은 그것이 마지막이었다. 외할머니는 예전에 앓던 자궁암이 전이되어 암세포가 온몸에 퍼져 있었다고 한다. 그런 줄 몰랐던 히나는 외할머니한테서 버림받았다고만 생각했다. 한 달 후, 외할머니가 돌아가셨다는 사실을 외할아버지한테 듣고 히나는 깜짝 놀랐다. 외할머니를 더는 볼 수 없다고 생각하니 그제야 소중한 사람을 잃은 슬픔이 밀려들었다. 외할머니의 앙상한 몸의 감촉이 떠올라 가슴이 쥐어뜯기는 것처럼 고통스러웠다.

그날 외할머니 병문안을 간 오후에 히나와 레이는 다나베 아저씨를 따라 외할아버지 댁으로 갔다. 사정을 모르는 레이는 울적한 히나와는 대조적으로, 다나베 아저씨 차를 타서 기뻤는지 좀 흥분한 모습이었다. 레이는 자동차를 무척 좋아했다.

외할아버지 집은 도시마구에 있는 한 아파트 단지의 1층이었다. 자동차를 단지 내에 세웠는데 그곳은 무척 낡고 스산한 곳이었다. 화단은 잡초들로 뒤덮여 있고 오래된 자전거가 녹슨 채 방치되어 있었다.

아파트 단지는 5동까지 있는 공영주택이었다. 3층짜리 건물 창밖으로는 이불과 빨래가 널려 있었다. 인기척은 느껴지지 않았다. 아파트 콘크리트 외벽은 때가 탄 회색으로 어딘가 불길해 보였다. 심란해서 발을 내디딜 수가 없었다. 다나베 아저씨가 괜찮다고 등을 떠밀었다.

아파트 단지 입구에서 가장 가까운 동의 어두운 계단을 세 층 올라가 외할아버지 집 초인종을 누른다. 안에서 "네" 하는 목소리가 들려왔다. 현관으로 들어가자 휠체어에 앉아 있던 외할아버지가 부엌에서 "왔군" 하고 말했다. 히나와 레이를 눈을 부릅뜨고 보신다. 레이는 당황스러운 얼굴로 서 있었다. 히나도 처음 보는 할아버지를 물끄러미 바라봤다. 누런 치아들은 사이사이가 벌어져 있고, 눈동자도 누런색을 띠고 있었다.

외할아버지는 체격이 좋았는데 오른쪽 다리가 무릎부터 없었다. 자꾸 거기로 눈이 가는 히나의 시선을 눈치챘는지 외할아버지는 "이건 말야" 하고 입을 여셨다.

"교통사고 때문이야."

히나가 가만히 있자 외할아버지는 지팡이를 짚고 일어나 가까이 다가왔다.

"히나 너는 엄마를 안 닮았구나. 레이는 엄마 판박이네."

레이는 누구에게나 귀엽다는 칭찬을 받았지만 히나는 그런 소리를 한 번도 들어본 적이 없었다.

"여하튼 방은 두 개다. 잠은 잘 수 있을 테니까 이제 여기서 살자. 짐은 건넌방에 두고와."

할아버지는 휠체어로 돌아가 테이블 위에 있던 담배에 불을 붙였다.

"자, 그럼 방으로 들어가거라. 나는 이제 가봐야겠다."

자상한 다나베 아저씨가 돌아가는 것이 싫어서 히나는 아저씨의 소매를 잡고 늘어졌다. 그러자 다나베 아저씨는 히나의 어깨에 손을 올리고 눈을 맞추고는 고개를 끄덕였다.

"괜찮아. 무슨 일 있으면 아저씨한테 전화해."

그렇게 말한 후 "여기 전화번호가 있으니까" 하며 명함을 건네주었다. 히나는 고개를 끄덕였다.

할아버지는 거의 감정이 없는 것처럼 웃지도 않고 혼을 내지도 않았다. 말 한마디 없는 할아버지는 그저 숨만 쉬는 것 같았다. 생활보호를 받아 살던 할아버지는 온종일 집안에서 라디오만 들었다. 요리도 해주긴 했는데 흰 쌀밥에 반찬 하나, 또는 건더기 없는 우동처럼 소박한 것들이었다. 식사를 할 때도 대화를 나누지 않았고, 다 먹으면 바로 자리에서 일어났다. 히나는 요리를 돕고, 장을 보고, 집안일을 거의 다 하게 되었지만 할아버지는 딱히 고맙다는 말도 없이 늘 무뚝뚝한 얼굴이었다.

히나는 새로운 초등학교에 다니기 시작했는데 공부는 전혀 따라갈 수 없었다. 수업 시간 내내 그저 시간이 흐르기만을 기다렸다. 칠판을 봐도 앞이 잘 안 보여서 졸음만 쏟아졌다. 잠을 자면 선생님한테 야단을 맞기 때문에 어떻게든 졸음을 참기 위해 눈을 비비며 앉아 있었다. 체육도 잘 하지 못했고 음악도 이해할 수 없었다. 즐거운 것은 급식 시간뿐이었다.

레이는 금세 적응해 친구들이 생긴 것 같은데 히나는 친구도 사귀지 못했다. 친구들과 함께 있을 때는 왕따를 당할 때뿐이었다. 책상 위에 쓰레기가 놓여 있거나 교과서가 없어지거나 그런 일들이 곧잘 일어났는데 히나가 반응을 보이지 않자 재미가 없는지 왕따 대상은 금세 다른 아이로 넘어갔다. 무시당하고 혼자가 되었다 싶었다가 또다시 왕따가 시작되는, 그런 날들의 반복이었다.

가끔 친구들이 변덕스럽게 말을 걸어왔지만 언제 또 왕따를 당할지 몰라 대답을 못하거나, 말을 더듬게 되었다. 수업 중에 선생님한테 질문을 받으면 당황스러워서 "저어, 그, 그게"라는 말밖에 나오지 않았다. 그러는 사이 킥킥거리며 웃는 소리가 여기저기서 들려와 더욱 더 말을 더듬게 되었다. 나중에는 선생님이 됐다고 자리에 앉게 했다. 이런 일들이 반복되면서 선생님도 히나를 지목하지 않게 되었다. 히나는 꿔다놓은 보릿자루처럼 그저 교실에 앉아만 있는 존재였다.

학교에 가는 일이 힘겨워져 자주 쉬게 되었는데도 불구하고 할아버지는 "우리 같은 인간들은 학교에 가봤자다"라며 딱히 주의를 주지도 않았다. 대낮에 집에 있어도 티브이가 없어서 심심했다. 아파트 단지 여기저기를 어슬렁거려봤지만 나이 드신 분들만 계셔서 아무 재미도 없었다.

어느 가을날, 아파트 단지 풀숲에 앉아 있다가 꾸벅꾸벅 졸았다. 저녁이 되어 일어나 보니 엉덩이 주변의 풀들이 빨갛게 물들어 있었다. 놀라서 바지 뒤를 보자 검붉은 흔적이 남아 있었다.

무슨 일이 일어났는지 눈치채지 못한 히나는 새파랗게 질렸다. 자신도 외할머니처럼 몹쓸 병에 걸려버린 것일까?

볼이 핼쑥한 외할머니 얼굴이 떠오르면서 보고 싶어 견딜 수 없어졌다.

외할머니를 만날 수 있다면 죽음도 감당할 수 있을 것만 같았다.

히나는 그대로 다시 한번 풀숲에 드러누웠다. 해가 지고 별이 보일 때가 되었는데 할아버지도 남동생 레이도 히나를 찾으러 오지 않았다. 그러다 밤이 깊어지면서 날씨가 추워져 혼자서 방으로 돌아갔다.

속옷도 바지도 젖어 있었다. 몰래 화장실로 가서 옷을 갈아입었다. 그런데 새 옷으로 갈아입어도 출혈은 멈추지 않았고 다시 옷이 더러워졌다. 어떻게 하면 좋을지 몰라 걸레를 몇 겹으로 겹쳐서 속옷과 다리 사이에 끼워 넣었다. 다음 달도 출혈은 계속되었다. 화장실에서 여러 번 닦았는데도 시뻘건 피가 휴지에 묻는 것을 보고 점점 무서워졌다.

히나는 문득 지난번에 받은 명함이 떠올라 다나베 씨 집으로 전화를 걸었다. 그러자 다나베 아저씨의 아내인 나오코 아줌마가 생리용품을 가지고 달려왔다. 그리고 일단 기타센주의 자기 집으로 데리고 갔다. 히나는 생리에 대해 아무것도 몰랐다. 나오코 아줌마는 앞으로 한 달에 한 번 생리가 있다는 사실과 생리대 사용법을 가르쳐주셨다. 그리고 생리가 시작된 것은 축하할 일이라며 꼭 안아주었다. 히나는 자신이 몹쓸 병이 아니란 걸 알고 안도의 한숨을 내쉬었다.

그러다 히나는 다나베 아저씨 빵집 옆에 있던 외할머니 옷가게가 디스카운트 과자가게가 된 걸 보고는 무척 슬픈 기분이 들었다.

기분이 저조한 히나를 보고 다나베 아저씨는 여러 가지 질문을 던졌다. 그리고 히나가 자주 학교를 빠진다는 사실을 알고는 씁쓸한 표정을 지었다.

"학교는 가는 편이 좋아."

"공부를 잘 모르겠어요."

"그건 안 되지!"

그때 나오코 아줌마가 팥밥을 들고 오셨다.

"이건 히나 축하 선물!"

"우와, 축하할 일 있을 때 먹는 밥이다. 이거 레이가 다섯 살 어린이날에 외할머니가 만들어주셨어요.[2]"

금세 기분이 좋아졌다.

"레이는 잘 지내?"

"레이는 축구를 시작했어요. 친구도 많아요."

아버지가 달라서인지 레이는 자신과 남매라는 게 믿기지 않을 정도로 사람을 잘 사귀었다.

"다음번에는 꼭 같이 놀러 오렴. 그럼 둘이 좋아하는 프렌치 토스트 만들어줄게."

"네, 그럴게요."

나오코 아줌마의 프렌치 토스트는 세상에서 가장 맛있는 요리다. 식빵을 달걀과 우유에 재웠다가 버터로 굽는 동안 히나는 도저히 기다릴 수가 없어서 나오코 아줌마한테 꼭 달라붙어 만드는 것을 지켜보곤 했다. 다 굽자마자 시럽을 부어 레이와 둘이서 게 눈 감추듯 다 먹어치운 것을 기억한다.

---

2 일본의 어린이날은 5월 5일이며, 단오절과 겹친다. 이날은 주로 남자아이의 무사 성장을 기원하는 날로, 축하하는 의미에서 붉은 팥밥을 먹는다. 팥밥은 일본에서 승진, 진급 등 기쁜 일이 있을 때 먹는 음식이다. 요즘에는 생리가 시작되면 축하하는 의미에서 팥밥을 먹는 집들도 늘고 있다고 한다.

"아, 맞다."

다나베 아저씨가 무언가 생각났다는 양 무릎을 탁 쳤다.

"히나가 사는 곳이 도시마구였지."

"네."

"그럼 다행이다. 실은……."

이전에 다나베 아저씨네 가게에서 아르바이트를 하던 여대생이 지금은 NPO 법인에서 학습 지원을 하고 있다는 것과 그 장소가 도시마구란 사실을 알려주었다. 주 2회, 방과 후에 구 시설 등을 빌려서 대학생과 어른들이 자원봉사로 초·중학생들을 지도해준다고 했다.

"너도 거기 한번 가보렴."

"근데 정말 공부를 하나도 모르겠어요."

"거기는 말이지, 구구단부터 배우는 중학생도 있다더구나."

"정말요?"

"처음에는 내가 같이 가줄게."

얼마 후 다나베 아저씨가 무료 학습지원 교실에 데려다주셨다. 다나베 씨 지인은 쓰루오카라는 30대 여성이었다. 그녀는 자원봉사자들의 리더 격인 존재였다.

자원봉사 스태프가 꼼꼼하게 공부를 가르쳐줬다. 히나는 거의 몰랐던 산수를 초등학교 1학년 과정부터 다시 배웠고 한자도 열심히 공부했다. 내준 숙제를 다 하면 칭찬을 해주는 게 기뻐서 숙제를 더 내달라고 한 적도 있었다. 공부를 조금씩 이해하게 되면서 의욕도 생겼다.

시력이 몹시 나쁜 것 같다는 쓰루오카 언니의 말에 안과도 찾아갔다. 그때까지는 학교에서 건강진단을 받은 적이 전혀 없어서 시력이 나쁜 줄도 몰랐다. 희미하게 보이는 이유는 자신이 늘 멍한 상태라 그렇다고만 생각했다. 안경을 사달라고 하자 외할아버지는 약간 주저했는데 히나가 집요하게 요구해서 결국 사주셨다. 안경을 쓰니 시야가 밝아지고 사람 얼굴이 잘 보였다. 세상이 밝아진 것 같았다. 공부에 대한 의욕도 생겨 히나는 다시 학교에 나가게 되었다.

학습지원장에는 학습이 어려운 비슷한 환경의 초·중학생이 많아 부끄러워할 것도 없었다. 개중에는 기초생활수급자 가정, 모자가정 아이도 적지 않았다. 크리스마스 파티를 하고 떡방아도 찧어보고 친구도 처음 사귀었다. 중학생이 된 후에도 계속 가서 공부했다. 고등학교 수험 때도 도움을 받았다. 일이 생기면 무조건 쓰루오카 언니에게 상담했다. 가족처럼 이야기를 들어주는 그녀는 히나에게 든든한 버팀목이었다. 그녀는 독신이었는데 히나는 그녀를 보며 '나한테도 이런 엄마가 있었다면……' 하는 생각을 했다.

히나에게 학습지원장은 마음을 열 수 있는 소중한 장소였다. 친구를 처음 사귀고, 해본 적이 없던 명절 행사에 참여하고, 친구와 이야기를 나누었다. 게임을 하며 놀 기회도 있었다. 그렇게 좋은 추억이 많이 생겼다.

고등학교는 도립 야간 학교를 지원했다. 낮에는 패스트푸드점에서 일하고 학비와 생활비를 벌었다. 요령이 없다고 가게에서 혼나는 일도 많았지만 그만두지 않고 열심히 일했다. 졸업생으로 가끔 학습지원장에도 찾아갔다. 친구를 만나고 쓰루오카 언니와 이야기할 수 있는 것이 즐거웠다.

그런데 히나가 고3이 되어 취업을 생각하기 시작했을 때, 동생 레이는 불량학생이 되어 있었다. 중3이 된 레이는 축구도 그만두고 질이 안 좋은 친구들과 몰려다니며 외할아버지와 히나에게 반항했다.

그러던 어느 날, 친구들과 자전거로 거리를 달리다가 사람을 치는 사고를 일으켰다. 피해자인 초등학생은 넘어져서 머리를 다치는 중상을 입었고 매달 20만 엔이 넘는 고액의 치료비가 히나의 어깨를 짓눌렀다. 외할아버지의 기초생활수급과 히나의 아르바이트비로 어떻게 충당하기는 했지만 아무리 일을 해봐도 도저히 감당할 수 있는 금액이 아니어서 히나는 고등학교를 중퇴하고 곧장 취업을 선택했다.

언제나 하느님은 사람들에게 일말의 희망을 보이신 후 땅으로 내동댕이치신다.

'우리 같은 가난뱅이를 더욱 힘들게 만드는 것은 왜일까? 이럴 거면 차라리 목숨을 끊어버리는 편이 낫지 않을까? 외할머니가 보고 싶다…….'

히나는 사는 것이 힘겨워 매일 어떻게 하면 쉽게 죽을 수 있을지만 생각했다.

그때 다나베 아저씨한테 사정을 들은 쓰루오카 언니가 찾아와 같이 울어주었다. 쓰루오카 언니의 얼굴을 보니 자신을 걱정해준 사람을 슬프게 하는 짓은 하지 말아야겠다는 생각이 들었다. 다나베 아저씨와 쓰루오카 언니가 있어서 히나는 삶을 선택할 수 있었던 것이다.

"일을 시작해야 하는데 어떻게 해야 할지 모르겠어요."

쓰루오카 씨와 상의했다.

"고등학교 동창이 여성 전용 셰어하우스를 관리하는 부동산 회사를 경영하고 있는데 사원을 모집 중이라니까 한번 물어볼게."

간절한 마음으로 스위츠 에스테이트 면접을 보러 갔다. 이소노 사장은 무척 멋진 여성이었다. 사장은 쓰루오카 씨한테 사정을 들은 것 같았는데 히나가 어린 시절부터 살아온 얘기를 하자 감정이 북받쳤는지 "너무 힘들었을 텐데, 거기다……" 하며 눈물을 닦았다.

"당신 같은 사람이라면 우리 셰어하우스의 방침, 여성에게 대화의 장을 제공하고 네트워크를 만드는 것의 중요성을 알 거야. 타인이지만 서로 연계하고 돕는 소중함을 누구보다도 잘 알 테니까. 우리 회사에서 일해줘. 젊으니까 기대할게. 우리 회사에서 일하면서 나중에 공인중개사 자격증을 따면 어때? 나도 응원할게."

타인과 타인을 이어주는 역할을 하는 훌륭한 직장에서 일하게 되다니, 히나는 이소노 사장 밑에서 일하게 된 것이 기뻤다. 오늘날까지 히나는 빵집 다나베 부부, 학습지원장에서 만난 쓰루오카 씨, 거기서 만난 친구들한테 얼마나 많은 도움을 받았던가. 가족의 정을 모르는 사람들은 다른 이들과 연계해서 살아가면 된다. 타인의 도움을 받고 큰 히나가 가장 잘 알고 있는 사실이다. 그리고 서로가 의지할 수 있는 '장소'의 소중함도 또한 잘 알고 있었다.

무엇보다도 아르바이트 이상의 수입을 얻을 수 있는 것이 고마웠다. 조금이라도 돈을 많이 벌어서 사고 피해자에게 보내야 했다. 복리후생으로 스위츠 에스테이트의 셰어하우스에서 공짜로 살 수 있는 것도 매력적이었다. 외할아버지가 싫은 것이 아니라 이제 그 아파트 단지에서 그만 탈출하고 싶었다. 새로운 생활을 하고 싶었다.

스위츠 에스테이트에서 의욕적으로 일한 지 수개월이 지났다.

"어쨌든 너한테 달려 있으니까 열심히 해."

그런 말을 사장한테 들은 직후였다. 히나는 사장의 기대를 받는 것이

기뻤다. 그러나 히나는 자신이 별로 도움이 되지 않는다는 사실도 잘 알고 있었다. 자기 나름대로 최선을 다하고 있지만 티라미수 하우스의 인간관계를 원활하게 하는 데 조금도 도움이 되지 않는 것이 애석했다.

단란한 가정을 모르고 자란 히나에겐 다 함께 식사하는 시간이 몹시 즐거웠다. 그래서 사쿠라도 함께 먹으면 더 좋겠다고 생각한 것뿐인데 완전히 분위기를 망치고 말았다.

더 이해할 수 없는 것은, 자신의 실수로 폭로되긴 했지만 기초생활수급자를 왜 다들 공격하려는 것일까?

사장도 "시모야마 사쿠라 씨가 기초생활수급자지만, 나는 기초생활수급이 그렇게 창피한 일은 아니라고 생각해. 떳떳하면 그만이지. 그리고 그 여자 행사에도 참가 안 하고, 늘 방에만 콕 틀어박혀 있던데. 주눅이 든 것 같아. 그러니까 네가 신경을 좀 써줘"라고 했다.

혼자 잔뜩 주눅이 들어 사는 것을 이해할 수 없었다. 셰어하우스 주민들은 모두 비슷비슷한 생활을 하고 있다. 어려운 환경에 있는 사람들끼리 왜 서로를 이해하지 않는 걸까? 더 따뜻한 눈으로 감싸주지 않는 이유가 뭘까?

살기 힘들어서 정부의 도움을 받고 있는 것뿐인데 생활보호를 받는 것이 그렇게 나쁜 일일까? 기초생활수급자는 꼭 어두운 성격에 주눅 든 태도로 살아야 할까? 이 상황을 수습하지 못하는 자신이 답답했다. 학습지원장에 오는 친구들 중에는 모자가정으로, 수입이 적어서 기초생활수급을 받지 못하면 살아가기 힘든 친구들도 있었다. 아파트 단지에는 고령으로 일하지 못하는 노인도 살고 있었다. 외할아버지에겐 신체적 핸디캡이 있었다.

그들도 비난을 받아야 한다는 걸까?

이 세상은 도대체 얼마나 참혹한 장소인 걸까?

히나는 전학을 간 초등학교에서도 왕따를 당했는데, 그건 공부를 못하고 둔해서였지 생활보호를 받아서라고는 생각하지 않았다. 그런데 이제 와서 생각해보니, 어쩌면 자신이 왕따를 당한 것은 기초생활수급이 그 원인이었던 것은 아니었을까?

세상 사람들이 생각하는 것을 히나는 이해할 수 없었다. 그동안 쓰루오카 씨의 "가정 사정과 경제 상황이 어떻든 가슴을 펴고 당당하게 살아도 된다"는 말을 믿어왔다. 그런데 만일 생활보호를 받는 일이 남에게 이야기해서는 안 되는 일이라면 앞으로는 조심할 생각이다. 그리고 이 실수를 어떻게든 만회해야 한다.

주민들 모두가 사이좋게 지내려면 어떻게 하면 좋을까? 불꽃놀이 행사에는 모두 참여할 수 있도록 한번 노력해보자.

히나는 토스트와 달걀 프라이를 깨끗이 먹어 치우고 일어나 설거지를 하고 나갈 준비를 했다. 나갈 준비라고 해봤자 얼굴을 씻고 옷을 갈아입는 정도였다. 화장을 안 하니까 거울을 볼 필요도 없었다. 자기 얼굴을 별로 보고 싶지 않은 까닭이다. 시력 저하가 더 심해져 요즘은 안경 도수도 맞지 않아 앞이 잘 보이지 않는 것이 그나마 다행일 정도였다. 안경을 새로 살 여유도 없어서 당분간 그 상태로 지내기로 했다.

스위츠 에스테이트 사무소로 출근하기 위해 다인실을 나가려고 할 때 "사에키 씨" 하는 목소리가 들려왔다. 후카가 커튼을 열고 얼굴을 내밀었다.

"아까 사쿠라 씨가 누가 온다고 하던데, 누가 몇 시에 오나요?"

"어, 그게."

사회복지사라고 털어놓을 수는 없어서 어떻게 둘러댈지 고민했다.

"집 보러 오는 사람도 있다면서요?"

그러고는 하품을 한다.

"그게, 사쿠라 씨 지인이 10시쯤 오시고, 방 보러 오는 사람은 저어, 아마, 11시쯤이 될 거예요. 그리고, 저어, 그게, 오후에는 두 시쯤 또 방 보러 올 사람이 있고요."

"어, 그래요? 음, 그럼 시끄러워서 낮잠은 못 자겠네."

그때 편의점에 간다고 나간 사쿠라가 돌아왔다.

"사쿠라, 너도 조용히 좀 해줘. 부탁할게. 어젯밤에 한숨도 못 잤어."

후카는 커튼을 닫았다가 "아, 맞다, 사에키 씨" 하고 다시 열어젖힌다. 사쿠라는 고개를 좀 떨구고는 침대로 들어간다.

"불꽃놀이 말인데 참가자 모였어요?"

"어, 저어, 아니, 아직 별로……."

"제가 모아볼게요. 저도 갈 거니까."

"어어, 저, 정말이세요? 고맙습니다!"

"뭐 그 대신은 아니지만."

"네?"

"다음 달에 저희 극단 공연 티켓 파는 것 좀 도와주세요. 다른 셰어하우스 게시판에 연극 안내문 좀 걸어주시고 한마디만 부탁드려요."

평소에는 후카의 평범한 외모 때문에 그녀가 배우라는 사실을 잊고 있었는데 극단 단원이었단 사실이 머리를 스쳤다.

"저어, 그게……."

"전단지는 이따가 드릴게요. 자, 그럼 잘 부탁합니다."

후카는 히나의 대답도 듣지 않고 커튼을 닫아버렸다.

스위츠 에스테이트 사무실에는 아직 출근한 직원이 아무도 없었다. 먼저 에어컨을 켜고 손님맞이에 대비해 사무실을 정리했다. 매트를 현관에 깔고 자동문을 가동시킨다. 자기 책상에 앉아 컴퓨터를 켜고 소소한 사무를 하나하나 처리했다. 컴퓨터로 하는 일도 이제 좀 손에 익는다. 오늘 일정을 확인하고 메일을 열었더니 후루하타 이쓰키한테서 메일이 와 있다.

스위츠 에스테이트 사에키 님께.

여러 번 죄송합니다. 제 아이폰 아직도 못 찾으셨나요?

새 아이폰을 샀지만 사진과 연락처 등 백업해두지 않은 소중한 데이터가 거기 다 들어 있어요. 혹시 찾으시면 꼭 연락해주세요. 잘 부탁드립니다.

후루하타 이쓰키 드림

이쓰키가 티라미수 하우스에서 나간 지 두 달이 지났다. 이쓰키로부터 아이폰을 찾았느냐는 메일이 벌써 두 번째인데, 그녀의 아이폰은 감쪽같이 사라져 눈에 띄지 않았다. 히나는 스위츠 에스테이트에 입사한 후 처음으로 스마트폰을 만져봤다. 회사가 마련해준 것이다. 이제 히나는 스마트폰 없이는 살아갈 수 없는 몸이 되었다. 그래서 이쓰키의 기분도 충분히 이해할 수 있었다.

그건 그렇다 치고, 갑자기 이쓰키 부모님이 티라미수 하우스를 찾아왔을 때는 정말 깜짝 놀랐다. 이쓰키가 부모님한테 뉴욕에 있다고 거짓말을 한 것이다. 이쓰키가 아이폰을 분실한 탓에 부모님과 연락이 닿지 않아 걱정이 된 부모님은 뉴욕에 있는 어학원에 연락했다고 한다. 그렇게 해서 이쓰키가 4개월 전에 학교를 그만둔 사실을 알게 되었다. 경찰과 상담을 하자 휴대폰 GPS 위치 파악을 해봤더니, 티라미수 하우스가 있는 도쿄 메이다이마에를 가리키고 있었다고 한다. 그래서 히로시마에서 한걸음에 달려왔다는 것이다.

아이폰을 아직 찾지 못했다는 취지의 메일을 쓰고 있을 때 저기, 하며 누군가가 들어왔다. 얼굴을 들자 챙 넓은 모자를 쓴 중년 여성이 히나와 별로 나이 차이가 나지 않을 것으로 보이는 여자와 함께 들어왔다. 얼굴이 닮은 것을 보니 모녀인 모양이다. 딸로 보이는 여자는 짧은 흰색 원피스를 입고 있었는데 피부가 하얗고, 어딜 봐도 부잣집 딸로 보였다.

"가스가입니다. 오늘 잘 부탁해요."

"아, 네, 저어, 방 보러 오셨죠?"

"네, 우리 딸을 혼자 보내기가 좀 걱정이 되어서 같이 왔어요."

"저어, 지, 지금 준비할 테니 잠시만 앉아서 기다리세요."

둘은 카운터 앞 의자에 앉았다. 시계를 보니 9시 45분이다. 약속시간보다 15분 일렀다. 사무소를 비워둘 수 없어서 다른 사원이 올 때까지 기다리기로 했다. 다만 가스가 씨의 눈길이 신경 쓰여, 쓰던 메일을 닫고 나갈 채비를 했다. 내람 예정인 셰어하우스의 열쇠를 챙겼다.

가스가 씨는 "목이 마르네" 하고 일어나 티서버의 종이컵에 보리차를 두 개 담아 하나는 딸에게 주고 하나는 자기가 마셨다.

"도쿄는 역시나 덥군요. 나가노와는 다르네. 미쓰야, 너는 괜찮니?"

딸은 말없이 고개를 끄덕였다. 두 사람이 이곳에 온 후 말을 하는 것은 가스가 씨뿐이다.

"굿모닝!"

동료 사원이 들어와 가스가 모녀에게 "어서 오세요" 하고 머리를 숙였다.

"아, 그, 그럼 가시죠."

히나는 가스가 모녀를 데리고 이노카시라선 전철을 타고 기치조지로 갔다. 좌석이 하나 비자, 가스가 씨가 딸에게 양보하는 것을 보고 '세상 엄마들은 딸을 이렇게 아끼는구나' 하고 생각했다. 딸을 위해 방을 보러 일부러 나가노에서 여기까지 온 것이다. 그러고 보니 이쓰키 엄마도 히로시마에서 도쿄로 정신없이 뒤쫓아왔다.

젊은 모습만 남아 있는 엄마, 안나가 떠올랐다. 행방조차 알 수 없었다. 안나는 히나의 존재를 통째로 잊어버리고 살아가고 있을 것이다.

가슴이 답답해진 히나는 창밖을 본다. 전철 밖으로 흘러가는 주택가 풍경, 그곳엔 수많은 가족들의 행복이 담겨 있을 게 분명했다. 저런 곳에 자신과 엄마는 어울리지 않는다. 따뜻한 가정, 애정이 넘치는 엄마는 히나와 동떨어진 존재였다. 그런 생각이 머리를 스치자, 답답하던 마음이 아파오기 시작했다.

머리를 흔들어 생각을 떨치고 전철 안의 광고를 보니, 웃고 있는 모녀의 사진이 눈에 들어온다. 어쩔 수 없이 다시 창밖을 보기로 한다. 하늘 저편에 보이는 적란운을 멍하니 바라보면서 이번 추석 휴가 때는 외할머니

성묘를 가자고 마음먹었다.

처음 보여줄 집은 기치조지역에서 버스로 10분 정도 떨어진 곳에 있는 젤라또 하우스였다. 잡지에도 자주 나오는 곳이다. 특별 주문해 지은 주택을 셰어하우스로 리폼한 곳인데 고급스럽고 지은 지 얼마 되지 않은 30평이 넘는 넓은 집이다. 월세는 좀 비싼 편이다. 다인실은 3인 1실로, 시설비를 포함해 7만 5천 엔이다. 티라미수 하우스의 약 두 배 가격이다. 개인실은 10만 엔. 고급 셰어하우스에 기치조지라는 편리한 입지도 한몫해서 인기가 있었다. 이틀 전, 홈페이지에 빈방 정보를 올리자마자 문의가 잇따라 어제도 집을 보러 온 사람이 있었다. 즉시 계약을 하지는 않았지만 꽤나 긍정적이었다. 오늘 오후에도 집을 보러 올 사람이 둘이나 된다.

"와아, 예쁘다. 귀여워."

젤라또 하우스의 외관을 본 딸, 미쓰가 처음 입을 열었다. 무척이나 여성스러운 하이 톤의 보이스였다.

유백색으로 칠한 젤라또 하우스는 아무리 봐도 귀엽다. 지붕이 달린 자전거 주차장에는 자전거 세 대가 나란히 세워져 있었다. 현관까지 이어진 길에는 서양풍의 타일이 깔려 있다. 화단에 심은 라벤더와 올리브 나무가 청량감을 더해준다.

알루미늄으로 된 문을 열자 천장이 높은 현관이 나타난다. 인공 타일이 깔린 현관 바닥이 고급스러운 느낌을 준다.

"여기 진짜 멋있다."

가스가 씨도 마음에 든 모양이다. 현관에서 쭉 들어간 1층은 공유 공간으로 인테리어에도 힘을 들였다. 전체적으로 파스텔 컬러를 기조로 한 부드러운 색을 써서 매우 세련된 분위기다. 다다미 세 장짜리 시스템 키

친은 흰색으로 통일했고 15장짜리 거실 겸 부엌에는 여섯 명이 앉을 수 있는 비목나무로 된 식탁과 네 명이 앉을 수 있는 노란 소파를 놓았다.

"티브이에 나오는 셰어하우스 같아요."

미쓰가 눈을 반짝인다.

"어떤 사람들이 사나요?"

가스가 씨가 묻는다.

"저어, 여기는 그게……. 저어, 그거 말이에요. 애니메이터라든지, 회사원도 있어요. 보이스 트레이너도 있고요. 또 영국 분도 한 분 살고 있어요."

"우와, 굉장한데. 세련됐네."

딸내미가 환호하자 가스가 씨도 미소를 지으며 고개를 끄덕였다.

"우리가 딸아이를 처음 혼자 살게 하는 거라 여자들끼리 사는 것도 중요하지만 어떤 사람들이 사는지도 궁금했어요. 그래도 뭐 전문직이라든가 그런 좋은 직장에서 일하는 사람이 있는 것 같아서 안심이 되네요."

"아, 네, 그렇습니다. 여기 셰어하우스에는 저어, 그러니까 여러 행사도, 그, 주민들 간의 의사소통을 꾀하기 위해 하고 있습니다. 또 영어회화 교실도 있어요."

"이렇게 다 잘 되어 있다니 정말 안심이 되네요. 여기 살면 서로서로 도움도 주고 그러겠죠?"

"엄마, 여기로 할래."

"그래, 알았어. 예산보다 조금 비싸고 개인실이 아닌 점은 신경이 쓰이지만."

"저어, 그렇다면 2층 개인실을 안내해 드릴게요. 참 그전에 부엌 안쪽 세면대랑 욕실도 있는데. 세탁기도……."

그때 히나의 휴대폰이 울렸다. 시모키타자와 사무소에서 온 전화였다.

"아, 저어, 죄, 죄송합니다. 잠깐 전화가. 저어, 수도 등은 자유롭게 확인하셔도 됩니다."

가스가 모녀에게 양해를 구하고 전화를 받았다. 회사였다.

"사에키 씨, 어제 오신 분이 젤라또 하우스로 하신대요. 그러니까 젤라또 하우스 모집은 끝입니다."

전화가 끊겼다.

"미스트 사우나도 있네."

잔뜩 흥분한 가스가 모녀의 목소리가 들려왔다. 히나는 한숨을 한번 내쉰 후, 가스가 모녀에게로 갔다.

젤라또 하우스 모집이 마감되었다고 전하자 둘은 뾰로통한 표정이 되었다. 그리고 미쓰는 다시 입을 꾹 다물었다. 그 후 티라미수 하우스를 안내했는데 가스가 모녀는 외견만 보고 잔뜩 화가 나 돌아가 버렸다.

오후에는 중년의 남성과 젊은 여성이 티라미수 하우스를 보러왔다. 부녀라지만 아버지는 주걱턱인데, 딸내미는 얼굴형이 동그래서 닮은 구석이라곤 없었다. 어딜 봐도 좀 어색해 보였는데 하긴 그런 부녀도 없지는 않을 것이다.

아버지라는 남자는 소방법 규정을 지키고 있는지, 건축기준법은 알고 있는지, 지진이 일어나도 괜찮은지, 입주 심사는 까다로운지 등등 상세한 질문을 해댔다. 메모까지 해가며 듣는 것이 무척 귀찮은 손님이었다. 딸이 스마트폰으로 다인실 사진을 제멋대로 찍기에 주의를 줬더니, 요시미 씨가 방에 없는 틈을 타서 2층 개인실 문을 열고 또 사진을 찍으려고 했다.

두 번째는 좀 강하게 주의를 줬는데 아버지가 나서서 "애 엄마가 걱정이 많아서 찍은 거예요. 그런데 아무리 그래도 창문이 너무 작네. 더위 때문에 이러다 누구 하나 죽어 나가는 거 아니야?" 하고 거리낌 없이 얘기하는 모습에 화가 치밀었다. 그리고 시간을 들여 여기저기 자세히 들여다본 것치고는 계약을 보류한 것이 이상했다.

이소노 사장에게 오늘 상황을 보고하자 "가스가 씨한테는 티라미수 하우스를 먼저 보여줬어야지"라고 핀잔을 준다. 사실 그럴 생각이었는데 사회복지사가 사쿠라를 만나러 오는 시간을 피하고 싶었던 것이다.

"그리고 쓸데없이 자꾸 질문을 해오는 사람들은 계약에는 관심이 없는 사람일 수도 있으니까, 그런 사람이 오면 너무 자세히 보여주지 말고 조심해. 같은 업계 사람일 수도 있으니까. 입소문 사이트에 이것저것 다 올라오면 곤란해져."

또 실수를 했구나 싶어 우울한 기분으로 티라미수 하우스로 돌아갔다. 식탁에는 이미 식사가 준비되어 있었다. 오늘의 메뉴는 가지 튀김과 생두부다. 우울한 기분이 싹 가셨다. 다시 청소를 하러 사무실에 가야 했지만 찰나의 휴식을 즐기고 싶었다.

상에 앉자마자 후카가 "사에키 씨, 이거" 하며 전단지를 건넨다.

"아아, 네."

받고 보니 생각했던 것보다 무거웠다.

"스위츠 에스테이트 사무소에도 선전 좀 해주면 좋겠어요."

"저어, 아, 네. 그럴게요."

"그리고 사쿠라 말인데……."

히나는 사쿠라 침대로 시선을 던진다. 본인이 있는 데서 무슨 말을 하려는 걸까?

히나의 동요를 눈치 챈 후카가 사쿠라는 방금 나갔다고 전한다. 히나는 가슴을 쓸어내렸다.

"오늘은 하루 종일 잠을 못 잤어요. 사쿠라 지인이라는 사람이 왔을 때도 눈이 떠져서 얘기를 다 들었는데 그냥 자는 척하고 있었어요. 그리고 오후에 방 보러온 아저씨는 또 왜 그렇게 시끄러운지. 나도 모르는 사이에 침대에서 일어나 시끄럽다고 소리를 지르고 싶었다니까요."

"어머, 그러셨군요, 죄송합니다."

"그래서 말이죠. 사쿠라 얘긴데 사쿠라는 건강해 보이지만 실은 몸이 많이 안 좋대요. 통원 중이라던가? 카운셀링이 어쩌고 하던데……."

그때 요시미가 "후카한테 저도 들었어요" 하고 거든다.

히나는 사쿠라가 안쓰러워서 더 이상 듣는 것이 힘겨웠다.

"사쿠라 씨, 실은 몸이 떨리고 땀이 계속 나서 밤에도 못 잔다네요. 그래서 일도 못하는 것 같아요."

"어어, 음, 그, 그렇군요."

히나는 복잡한 심정이 된다. 그렇게까지 사회복지사 일이 걱정된 것을 보면 사쿠라 본인은 아마도 자기가 병이란 사실을 다른 주민들에게 들키고 싶지 않았을 것이다. 그런데 병이란 것을 알게 된 두 사람은 사쿠라를 걱정하고 있다. 그나마 다행이었다.

"저어, 그, 그러면 사쿠라 씨도 우리와 같이 식사하고 불꽃놀이에도 불러서……."

"어, 그 일 말인데요."

후카가 얼굴을 들고 히나의 말을 잘랐다.

"요시미 언니랑 얘기했는데 사쿠라 씨는 그냥 가만히 두는 게 좋지 않을까요? 본인이 원하지도 않는데 일부러 사이좋게 지내자고 오지랖을 부리는 것도 민폐일 것 같아요. 우리는 사쿠라가 아픈 것도 모른 척할 거예요. 인사 정도는 하고 살겠지만 뭐, 너무 다가가려고 하지는 않으려고요."

"흐음, 어, 저어, 그런가요?"

그냥 두는 것은 좀 차갑게 느껴지지만 두 사람이 그렇다고 하니 그게 좋을 수도 있겠다. 히나는 사쿠라가 어떤 병인지 알 수 없어서 경솔하게 나서고 싶지 않았다.

"그러니까 사에키 씨도 불꽃놀이 같은 거 가볍게 한번 물어보고, 아니면 너무 끈질기게 권하지는 말아요. 제 공연도 그렇고."

"어, 저어, 그런가요? 음, 네, 알겠습니다."

"다양한 사람이 있는 거죠. 다른 사람과 꼭 친하게 지내는 게 다는 아니니까. 왕 웨이 씨도 그렇고요."

요시미가 말하자 후카가 갑자기 "아, 왕 씨!" 하며 큰 소리를 냈다.

"왜, 왜요?"

"큰일났다!"

후카가 심각한 표정을 지었다.

"무슨 일이야?"

요시미가 걱정스러운 얼굴을 한다. 히나는 무슨 소리를 하는 건지 도무지 파악할 수가 없었다.

"저, 내가, 오늘 아침에 퇴근하고 일찍 들어왔잖아요. 근데 여기가 시원하고 도중에 잠들면 아침 먹을 때 못 일어날 것 같아서 여기서 아침 먹을 때까지 대본을 읽고 있었거든요."

"아, 그랬지. 내가 아침에 내려왔더니 후카 네가 여기 있더라고."

"요시미 언니, 어젯밤에 왕 웨이 씨, 맨날 오는 그 시간에 들어왔죠?"

"음. 옆방에 들어오는 소리가 나긴 했어."

"아아, 그거 큰일이네. 왕 씨, 오늘 아침에 안 내려왔어. 오늘 안 나갔다고요."

"너 대낮에 잘 때 나간 거 아니야?"

"아니야. 지금까지 휴일도 아닌데 왕 씨가 대낮에 집에 있는 거 봤어요? 평일에 쉬는 거 한 번도 본 적이 없어요. 참, 그러고 보니 여기 신발도 있네!"

"새 신발 사서 신고 나갔을 수도 있잖아."

요시미가 무슨 말을 해도 후카는 의심을 멈추지 않았다.

"왕 웨이 씨가 지금까지 새 옷이나 새 신발 사서 치장하는 거 본 적이 있냐고요."

히나가 "저기" 하면서 요시미와 후카의 대화에 끼어들었다.

"저, 그, 왕 씨가 방에 있다는 건가요? 그게, 저어, 왜 큰일이라는 거예요? 그, 근데 혹시 특별 휴가라 방에 있는 걸 수도 있잖아요."

"사에키 씨, 더위 얘기하는 거예요."

"맞아. 왕 웨이 씨 방엔 창문도 없는데 어젯밤엔 진짜 더웠다고."

요시미 표정이 침통하게 변한다.

"걱정이다. 사에키 씨, 가서 보고 와요. 일단 가서 말이라도 붙여보자."

그렇게 말하고 후카가 벌떡 일어나 히나의 팔을 잡아끌었다. 히나는 계단을 올라갔다. 뒤에 후카, 그 뒤에 요시미도 따라 올라갔다.

계단을 올라가 조심스럽게 노크를 했지만 대답이 없다. 선풍기 소리만

희미하게 들려온다.

"왕 웨이 씨!"

큰 소리로 불러도 대답이 없다.

"안 되겠다. 어서 들어가 보자."

후카가 등 뒤에서 손을 뻗어 문을 열었다. 다행히도 안쪽 열쇠가 잠겨 있지 않았다.

이불 위에 축 늘어진 왕 웨이의 모습이 눈에 들어왔다. 히나는 공포로 몸이 굳어버려 방 안에 들어갈 수가 없었다. 아까 사람들이 방을 보러 왔을 때도 이렇게 쓰러져 있던 걸까?

"저어, 저, 저기 자는 건가요?"

후카는 히나의 질문을 무시하고 방으로 들어가, 왕 씨를 흔들어 깨웠지만 꼼짝도 하지 않았다.

"몸이 뜨거워. 큰일이야. 안 되겠어."

문 앞에 멍하니 서 있는 히나를 두고 요시미도 방으로 들어갔다. 이름을 부르며 몸을 흔든다. 그러자 왕 씨가 간신히 눈을 떴는데 의식이 몽롱해 보인다.

"괜찮아요?"

후카의 목소리에 그녀가 고개를 약간 끄덕였다.

"열사병이야, 틀림없어. 얼른 병원에 데려가야 돼. 일단 몸을 식히자. 내가 얼음 가져올게."

요시미가 일어나 방을 나갔다.

"사에키 씨, 빨리, 어서 구급차 불러요. 전화 좀!"

후카가 단호하게 명령했다. 그러자 신음하던 왕 씨가 "싫어. 병원 안

가. 잡히면 중국으로 돌아가야 해"라고 중얼거리고 일어나려다가 또다시 축 늘어졌다.

"정신 차려요."

왕 씨를 흔들며 후카가 이쪽을 봤다.

"가만히만 있지 말고 빨리 119에 전화해요."

"어, 저어, 근데 병원 안 가겠다는데요."

"무슨 소리예요? 죽으면 어쩔 건데! 빨리 전화하라고!"

히나는 계단을 구르듯 내려갔다. 스마트폰을 든 손이 덜덜 떨려서 두 번이나 다른 번호를 눌렀다. 세 번째에야 간신히 119에 전화를 거는 데 성공했다.

이윽고 구급차가 도착하고 현관 앞에서 왕 웨이가 실려 가는 것을 모두 지켜보고 있을 때, 대낮에 온 몹시 어색한 부녀의 아버지가 히나에게 다가왔다. 왜 여기 있는지 수상하게 생각한 히나는 인상을 썼다.

"저, 저 자식, 변태자식이잖아."

후카가 외쳤다.

"어, 맞다, 이 사람."

요시미도 남자를 노려본다.

"열사병인가요? 저런 환경이면 그럴 수도 있지."

남자는 마치 누가 아픈 것이 즐겁기라도 한 것처럼 경멸을 담은 쓴웃음을 지었다. 그리고 실려 가는 왕 웨이를 스마트폰으로 찍으려고 했다.

"뭐하는 거야?"

남자를 어떻게든 막아보려 했는데 남자는 멈추지 않았다.

소식을 들은 이소노 사장이 긴박한 표정으로 달려왔다. 그러자 남자가 이번에는 사장에게 다가왔다.

"이거 큰일이군요. 저는 이런 사람입니다."

남자가 건네준 명함을 받은 이소노 사장의 얼굴이 새파랗게 질린 다음, 넋이 나간 표정으로 변해갔다.

"누가 따라갈 건가요?"

구급대원이 묻자 그제야 사장이 정신을 차린다.

"네, 저하고."

그렇게 말하고 히나를 봤다.

"사에키 씨, 같이 구급차에 타요."

지시하는 대로 히나는 들것에 실린 왕 웨이와 함께 구급차에 올랐다.

다행히도 목숨을 건진 왕 웨이의 상태는 심각했다. 게다가 그녀가 외국인 기능실습생제도로 일본에 와서 현재 불법 취업 중이라는 사실이 발각되면서 문제가 하나 둘 커져 갔다.

건축기준법 위반 건물을 셰어하우스로 사용한 데다 건축안전 조례에도 위반한 사실이 드러났다. 즉 티라미수 하우스는 마카롱 하우스와 함께 불법 셰어하우스였다. 이소노 사장은 타인 명의로 다른 회사까지 만들어 게이오선, 오다큐선 주변에서 남녀 공용 셰어하우스도 경영했는데 다섯 곳 중 세 곳에서 위반 사항이 발각되었다. 그리고 스위츠 에스테이트 종업원과 셰어하우스에 사는 사람들은 모두 경찰로부터 조사를 받았다.

스위츠 에스테이트의 업무가 정지되었다. 메이다이마에의 티라미수 하우스뿐만 아니라 기치조지의 젤라또 하우스, 에이후쿠초의 마카롱 하우스 등 관련된 모든 셰어하우스의 주민들이 방을 나와야 했다.

히나는 외할아버지 집으로 돌아왔다. 흩어진 티라미수 하우스 주민들, 요시미, 후카, 사쿠라가 어찌 되었는지는 알 수 없었다. 연락처를 알려줄 정도의 사이는 아니었지만 요시미, 후카와 함께 식사를 한 일은 잊을 수 없을 것이다. 그리고 사쿠라의 병이 빨리 낫기를 진심으로 빌었다. 왕 웨이는 몸이 회복되는 대로 중국으로 강제송환된다고 들었는데 그녀의 인생을 구할 무엇이 어딘가에 꼭 있기를 기도했다.

히나는 앞으로 어떻게 살아야 할지 고민하다가 쓰루오카 언니를 만나러 갔다.

"히나야, 주간지 읽었어."

쓰루오카 언니가 보여준 기사에는 무시무시한 폰트로 '빈곤 비즈니스의 실태!'라는 타이틀이 붙어 있었다. 거기에는 이소노 사장이 빈곤층을 대상으로 불법 셰어하우스를 경영했다고 상세하게 적혀 있었다.

남자가 태연한 얼굴로 방을 보러온 기억을 떠올리고 히나는 이를 바득바득 갈았다. 그 남자는 이전부터 티라미수 하우스의 실정을 파헤치려고 다니다가 주민들로부터 변태로 찍힌 사람이었다. 남자는 이쓰키와 이전 티라미수 하우스 주민들, 그리고 스위츠 에스테이트를 그만둔 직원들과도 접촉했다. 기자인 남자는 구급차가 떠난 다음, 후카와 요시미에게도 끈질기게 사정을 물었다고 한다. 히나에게도 취재 의뢰를 했는데 히나는 일절 응하지 않았다.

"이소노가 이런 불법을 저지를 사람이라고는 생각지도 못했어. 정말 미안해, 히나야. 월급도 적은데 아침부터 밤까지 온종일 일을 시켰다니, 그동안 얼마나 힘들었니?"

쓰루오카 언니가 미안하다니 송구스러웠다. 다 잘되라고 한 일이다.

다만 운이 없었다는 사실을 다시금 깨닫게 해주었다.

그래도 히나는 이소노 사장을 악인이라고는 생각하지 않는다. 히나의 이야기를 들어주고 흘린 눈물은 진짜였다고 믿고 싶다. 그리고 약자를 돕고 사람과 사람이 서로 도우며 사는 세상을 만들고 싶어 한 것은 분명한 사실이다.

"저, 어, 그게 언니 탓은 아니죠. 그리고 힘들지도 않았어요. 사장님 밑에서 일하는 동안 주민들을 위해 일하는 보람도 있었고, 하루하루 충실하게 보냈어요."

"히나야, 그런 정신승리를 통해 보람을 착취하는 게 블랙 기업이야. 질이 참 나쁜 회사였어. 어쨌든 다음 직장은 제대로 된 곳을 알아보자."

"네……. 근데 그런 곳을 찾을 수 있을까요?"

"네가 다른 일 찾을 때까지 다나베 아저씨가 알바로 고용해준대."

"그, 그건, 너무 죄송해서."

"다나베 아저씨도 진작 그렇게 했어야 했는데 그러지 못했다고 가슴 아파하셨어. 근데 급여를 많이 주지는 못해서 풀타임 고용은 좀 어려울 것 같대."

"도움 주시는 것만으로도 충분해요. 저, 왠지, 그게 저 같은 거 때문에 여러 가지로, 저어, 쓰루오카 언니한테도 또, 그, 다, 다나베 아저씨한테도, 저어, 그냥 미안해요."

"저 같은 거라니, 그런 말 하면 안 돼, 히나야."

쓰루오카 씨의 얼굴이 단호하다.

"이 세상에 태어난 이상 모두에게 행복할 권리가 있는 거니까, 절대 포기하지 마."

히나는 '정말 그럴까? 나에게도 행복할 권리가 있을까? 있다면 그 행복은 참 멀리도 있구나'라고 생각했다.

"다나베 아저씨네 가게에서 일하다가 여유가 생기면 나도 좀 도와줘, 히나야. 학습지원장에서 열심히 공부하는 아이들을 보면 용기가 날 거야. 반드시."

"언니는 저한테 정말 선물 같은 사람이에요."

그렇게 말하자 쓰루오카 언니가 히나의 손을 꼭 잡았다. 쓰루오카 언니의 손바닥은 보드랍고 따뜻해서 히나는 잠시 동안 손을 맡기기로 했다.

가난하지만 자신에겐 도움을 주는 사람이 있다. 또, 친구도 있다.

그렇게 생각하니 힘이 솟았다.

"대입검정에 합격하면 공인중개사 자격도 따서 언젠가 셰어하우스를 해보고 싶어요. 저도 누군가의 힘이 되어주고 싶어요."

히나는 쓰루오카 언니의 손을 꼭 쥐었다.

옮긴이의 말

부유한 나라의 가난한 여자들

작가 후카자와 우시오는 2012년 '여성에 의한 여성을 위한 R-18 문학상'을 통해 등단했다. 지난 7년간 아홉 권의 소설을 펴냈으니 다작의 작가임에 틀림없다. 작가에 따르면 "원래 글 쓰는 것을 좋아했고, 문학 교실에 다니다가 거기서 쓴 작품을 고쳐 써서 응모하게 되었다"고 한다. 응모한 작품은 재일동포만 전문으로 중매를 서는 〈가나에 아줌마〉로, 욕심도 많고 정도 많은, 일본 사회에서 우여곡절을 다 겪은 한 고령의 여성과 그 주변 인물들을 그린 작품이다.

《반려의 편차치》에서는 35살 대학동창 여성들의 결혼에 대한 가치관을 풀어놓고, 《런치하러 갑시다》에서는 아이를 키우는 여성들의 갈등과 고뇌를, 최신작 《조각의 형태》에서는 더 다양한 여성들의 삶을 소설에 담고 있다. 후카자와 우시오는 여성을 소재로 한 이야기에 관해 둘째가라면 서러운 작가가 아닐 수 없다. 그런 후카자와 우시오가 가난한 여성들의 일상을 담은 작품이 바로 이 《애매한 사이(원제는 애매한 생활)》다.

이 책에서는 '티라미수 하우스'라는 셰어하우스에 사는 여섯 명의 여성들에 대한 이야기가 전개된다. '후카'는 아버지와 계모 밑에서 자랐으며 왜소한 체구가 콤플렉스다. 조금이나마 눈에 띌까 싶어 연극을 하고 있지만, 인기는커녕 존재감조차 없다. 그러나 아버지와 계모가 사는 고향으로 돌아갈 생각도 없다. 아르바이트해서 번 돈으로 입에 풀칠을 하는 게 전부다. 부모에게 버림받은 '히나'는 초2가 되어서야 간신히 학교에 다니게 되어 학업이 뒤질 뿐만 아니라 친구도 없고 매사에 자신감도 부족하다. 눈치도 없고 말도 더듬는 히나는 주변 사람들에게 마냥 못 미더운 인물이다. '사쿠라'는 회사가 망하고 면접 보는 회사마다 물을 먹은 후, 생활보호를 받게 된다.

티라미수 하우스에서 먹고살 만한 사람은 한 명도 없다. 그렇다고 돈 없는 이들끼리 어깨를 맞대고 고민을 공유하며 서로 돕느냐 하면, 그것도 아니다. 가난은 사람을 피폐하게 하고 서로 돕기는커녕 반목하게 한다. 남보다 못한 가족에게 버림받은 사람들은, 언제 금 밖으로 밀려날지 몰라 가슴 졸이며 하루하루를 연명한다.

사람이 사는 데 필요한 세 가지 요소를 의식주라고 한다는데, 신新자본주의는 의식주에 완벽한 저렴함과 완벽한 질 낮음을 가지고 왔다. 그나마 음식과 옷은 나은 수준이다. 집은 어떠한가? 일본에는 전세 개념이 아예 없다. 모두 월세를 내고 살아야 하는데 도쿄 23구의 평균 월세는 7만 엔이라고 한다. 우리 돈으로 하면 70만 원이 넘는 수준인데 이 돈을 주고 빌릴 수 있는 방은 '당연히' 원룸이다. 그렇다면 도쿄의 최저 시급은 얼마일까? 정부가 규정한 도쿄의 최저임금은 시급 985엔이다. 하루 여덟 시간, 주 5일제로 근무하면 매달 17만 엔 이상을 받을 수 있다. 그중에서 세금과 보험 등을 떼면 13만 엔쯤 남는다. 거기서 7만 엔을 월세로 지불하면 수중에 6만 엔이 남는다는 계산이다. 그래도 이만하면 다행인지도 모른다. 비정규직 여성의 경우, 총무성 조사에 의하면 평균 연봉이 148만 엔이다. 매달 12만 엔쯤 버는 셈인데, 세금을 제하면 원룸에서조차 살 수 없게 된다. 총무성 조사에는 주부들도 포함되니 그나마 다행인지도 모르겠지만 그렇다면 남편이 없는 비정규직 여성은 어떻게 먹고살아야 할까? 누군가는 도쿄의 평균연봉은 615만 엔이라고 정정하고 싶을지도 모르겠지만 그 평균에 해당하지 않은 수많은 이들이 도쿄에 있다는 점을 염두에 두어야 한다.

빈집은 점점 늘어나는데 살 곳이 마땅하지 않은 이들은 줄지 않는다. 도쿄의 집값은 오르지도 않지만 내리지도 않고 있다. 일본에 온 지 얼마 되지 않아 집을 보러 갔을 때, 부동산 담당자는 마침 3만 5,000엔짜리 싼 집이 나왔다며 나를 안내했다. 그곳은 오래된 목조 주택으로, 그 주택 안의 작은 방 하나를 3만 5,000엔에 대여하겠다는 것이었다. 바닥에는 낡은 다다미가 깔려 있고, 허름한 붙박이장이 있으며, 화변기가 놓인 공용 화장실과 공용 욕실을 사용해야 하는 조건이었다. 나는 뒤도 돌아보지 않고 나왔는데, 몹시 불쾌했고 모욕을 당한 기분이었다. 그 부동산 담당자는 외국인에겐 보여줄 집이 얼마 되지 않는다며 기꺼이 그런 집을 보여준 것이다.

2000년대 초반에는 문 닫은 공장들을 개조해 칸막이를 만들어 놓고 한국이나 중국에서 일본어를 배우러 오는 학생들에게 기숙사라며 살게 하기도 했다. 그런 이름만 기숙사인 곳을 취재하러 갔을 때, 바퀴벌레와 알로 가득한 냉장고를 보고 큰 충격을 받았다. 당시 그런 열악한 환경에 처한 사람들은 비정규직 일일 노동자, 또는 외국인 노동자, 그리고 가난한 유학생들이었다. 2020년 올림픽을 앞둔 지금, 그런 집들에 셰어하우스라는 이름을 붙여 일본인들이 살게 되었다는 것은 그만큼 일본 경제가 후퇴했다는 의미가 아닐까? 출산율 저하로 인구 부족, 일손 부족을 겪고 있지만, 조금 나이가 찬 여성들에게 주어지는 일은 마트 계산대, 간병인, 방과후교실, 가사 도우미 등 시급이 낮은 일들이 대부분이다. 누군가가 해야 하는 일이고, 그 일에는 분명 가치가 있지만 떠넘기는 수준의 임금밖에 지불하지 않는다는 것은 큰 문제가 아닐 수 없다.

'후카'는 노래방에서 아르바이트를 하고, '요시미'는 가사 도우미로 일하며, '웨이'는 모텔에서 청소를 한다. 그녀들은 도쿄에서 985엔의 시급을 받을 것이고, 풀타임으로 일한다면 매달 13만 엔쯤의 돈을 거머쥘 수 있겠지만, 실상은 그보다 더 적은 돈을 벌게 될 것이다. 그렇기 때문에 그녀들은 벽장을 침대로 개조한, 누가 봐도 불법인 게 분명한 셰어하우스를 거처로 삼고 살아가는 것이다. 자존심을 지키고, 떳떳하게 사는 일이 얼마나 어려운지를 체험하면서.

'히나'의 말처럼 이 세상은 도대체 얼마나 참혹한 장소인 걸까?

아무도 도와주는 이 없는 세상을 어떻게 헤쳐나가면 좋을지 저마다 고민인 여섯 여성들의 이야기에 아무쪼록 귀 기울여주길 바란다.

27년 전 발을 디딘 나리타공항은 서울과 별반 다르지 않았다. 굳이 다른 점을 꼽으라면 숨을 들이쉴 때마다 달짝지근한 공기가 코를 통해 입안으로 전해진다는 것이었다. 일본에 오기 전엔 한마디로 두려웠다. 외국이라서 두려웠고, 일본이라서 두려웠다. '일본'은 그저 하나의 나라가 아니다. 한국인들에게 그곳은 35년간 한국을 식민지로 둔 곳이며, 전쟁 범죄를 일으키고, 슬쩍 사과를 한 뒤 또 모른 척을 해온 나라다. 그러니 그런 나라에서 살겠다고 했을 때 여간 마음이 복잡한 게 아니었다. 그런데 일본은 아무렇지도 않은 듯 그곳에 자리했다. 일본인들은 친절하고 여유로웠다. 조신조신하고 정중했다. 과거의 전쟁이 없었다는 듯, 또는 모른다는 듯 행동했다. 그래서 처음엔 상상했던 일본인과 실재하는 일본인의 차이가 너무나 커서 당황스러웠을 정도다. 이제 이곳에 살다 보니 일본인들 중에는 정말로 과거 전쟁 시절을 모르는 사람들이 많다는 것, -그렇다고 회피할 수 있는 문제는 아니다- 외국인에 대한 선입견이 심하다는 것, 더불어 낙천적으로, 또 조신하게 살라고 어릴 때부터 교육받는다는 것을 알게 되었다.

《애매한 사이》의 주인공은 평범한 여성들이다. 그들에게는 '가난'이라는 공통점이 있다. 집을 구하기 어려운 탓에 셰어하우스에 산다. 붙박이장 안에서 살아가는 여성들. 한국의 고시원이 차라리 나을까, 하는 생각도 든다. 가난한 일본 여성들의 삶을 보면 한국과 별반 다르지 않다는 것을 알 수 있다.

한일 관계는 '최악'이라는 단어로 종종 표현되곤 한다. 사실 30년 가까이 일본에 살면서 이런 단어는 여러 번 들었다. 그러나 최근에는 그 정도가 심해진 것 같다. 한일 교류가 끊기지 않기를 바라며, 특히 최근 활발해진 문학 교류가 정체되지 않기를 기원한다. 일본 전철에서 한국어로 쓰인 책을 편한 마음으로 볼 수 있는 날들이 오기를 바란다. 마찬가지로 한국의 길거리에서 일본어가 오가도 눈치 주지 않는 사회가 되기를 바란다. 물리적으로 이렇게 가까운 두 나라가 반목하지 않기를. 더불어 한일 여성들의 연대를 만들어 나가고 싶다. 이 작품이 그 연대에 보탬이 되기를 바란다.

2019년, 김민정

누벨솔레이2
애매한 사이

1판 1쇄 찍은 날 | 2019년 9월 20일
1판 1쇄 펴낸 날 | 2019년 9월 30일

지은이 후카자와 우시오
옮긴이 김민정
펴낸이 김병수
책임편집 김현정
디자인 정계수
펴낸곳 아르띠잔
출판등록 2013년 7월 15일 제396-2013-000120호
주소 (우편번호 10311)경기도 고양시 일산동구 무궁화로 255 와이하우스 106동 205호
전화 031-912-8384
팩스 031-913-8384
facebook www.facebook.com/ArtizanBooks
E-mail ArtizanBooks@daum.net

ISBN 979-11-963738-4-9 (04830)
979-11-963738-2-5 (세트)

이 도서의 국립중앙도서관 출판시도서목록(CIP)은 서지정보유통지원시스템 홈페이지(http://seoji.nl.go.kr)와 국가자료공동목록시스템(http://www.nl.go.kr/kolisnet)에서 이용하실 수 있습니다. (CIP제어번호: CIP 2019027621)

*이 책의 내용을 재사용하려면 반드시 저작권자와 아르띠잔 양측의 서면에 의한 동의를 받아야 합니다.
*책값은 뒤표지에 있습니다.
*잘못 만들어진 책은 바꾸어 드립니다.